나도 몰랐던 사람의 끼

20-DAI DE YARITAI KOTO WO MITSUKERU GIJUTSU
by Koyata Washida
Copyright ⓒ 2004 by Koyata Washida
All rights reserved
Original Japanese edition published by PHP Institute , Inc.
Korean translation rights arranged with PHP Institute, Inc.
through Japan Foreign-Rights Centre/EntersKorea Co., Ltd.

이 책의 한국어판 저작권은 (주)엔터스코리아/Japan Foreign-Rights Centre 를
통한 일본의 PHP Institute, Inc. 와의 독점 계약으로
도서출판 징검다리가 소유합니다.
신 저작권법에 의하여 한국 내에서 보호를 받는 저작물이므로
무단전재와 무단복제를 금합니다.

나도 몰랐던 나만의 끼

와시다 고야타 지음 | 이경미 옮김

징검다리

'나를 찾는 시대' '자신을 사랑하는 시대' 라고 흔히들 말하지만 요즘은 이 말에 비판적인 의미가 담겨있을 때도 있다.

그러나 사람이라면 누구나 자신을 가장 소중하게 생각한다. 자신이 인정받고 사랑받기를 마음 속 깊이 바라며, 그것이 실현되었을 때 가장 큰 행복을 느낀다.

반대로 아무에게도 인정받지 못하고 사랑받지 못한다고 믿는 사람들의 대부분은 마음속에 불만을 품는다. 세상을 비꼬고 원망하며 타인을 시기한다. 그런 감정에 불을 붙이면 무서울 정도로 공격적인 행동을 하게 된다.

사람의 마음은 그렇게 단순하지 않다고 말할 수도 있지만 불만이나 질투에 불을 붙이는 상황은 쉽게 발생한다. 그것도 아주 사소한 일로 폭발한다.

그럼 그렇게도 인정받고 사랑받고 싶은 '자신' 을 사람들은 스스로 인정하며 사랑하고 있을까?

그렇다고 자신 있게 대답할 수 있는가? 또한 자신을 인정하고 사랑한다는 것은 과연 무엇일까. 무조건적으로 자신의 모든 면을 사랑할 수 있는 사람은 없다. 자신의 어떤 점과 어떤 점을 인정하고(인정, 평가) 어떻게 사랑한다고 대답할 수 있는 사람이 얼마나 될까.

'나를 찾는 시대' '자신을 사랑하는 시대' 라고 하면서도 자신의 내부를 불타는 호기심으로 바라보거나 뜨겁게 사랑하지 않는다고 생각을 하는 건 비단 나뿐만이 아닐 것이다.

　자신을 스스로 인정하지 못하고 사랑하지 않는데 다른 누가 인정하며 사랑해 줄 수 있을까.

　우리는 타인을 냉정하게 관찰할 수 있기 때문에 타인을 접할 때는 그 사람의 단점과 장점을 쉽게 알 수 있다.

　그와 마찬가지로 세상 밖의 즐거운 일, 대단한 일에는 호기심을 불태우며 민감하게 반응한다. 미지의 만남을 추구하며 해외여행도 쉽게 다녀온다.

　이와 같은 사람들의 공통된 심리 속에서 '나를 찾고' '자기애' 를 찾는다면 어떨까.

　'자신' 을 미지의 타인, 신기한 세계로 간주하고 넓고 깊게 마주보는 것, 마음을 헤아리는 것이 나를 찾고 사랑하는 방법이라고 생각하지 않는가.

　다른 사람을 대하듯 나를 대하고 마음을 헤아리는 방법을 지금부터 적극적으로 소개하고자 한다. 이 책을 통해 여러분의 마음이 넓고 깊어지기를, 무엇보다 즐거워지기를 바란다.

차례

머리말

1 자신을 아는 것이 가장 재미있다

2 하고 싶은 일은 내 안에 있다

9

3 자신이 하고 싶은 일을 발견하는 기술을 생각해보자

1. 친구는 몇 명인가? 어떨 때 당신의 힘이 되어 주는가

2. 고등학교 때 성적이 100명 중 몇 등이었나. 자신이 평가하기에는 몇 등인가

3. 편차치(偏差置 일본에서 학력 등의 검사 결과가 집단의 평균치로부터 어느 정도 떨어져 있는가를 나타내는 수치)는 어느 정도인가, 그 수치는 정확하다고 생각하는가

4. 부모는 당신에게 얼마나 투자했다고 생각하는가. 그 금액은 납득할 수 있나

5. 당신의 '경력' 을 위해 투자를 한 적이 있는가, 그것은 납득할 만한 액수였나

6. 지금 자신에게 어떤 능력이 있다고 생각하는가

◎-실례로 생각하는- 당신은 도전적인 사람인가 / 108

1. 대학교수는 50%만이 될 수 있다. 게다가 10년 동안 무보수로 연구=공부할 수 있는가. 그래도 대학교수가 되고 싶은가

2. 자동차 판매왕이 될 수 있는 방법을 모색해보자

3. 컴퓨터조작을 잘하면 좋은 곳에 취직할 수 있다고 한다. 그러나 당신은 컴퓨터를 접해본 경험이 없다. 어떻게 할 것인가

4. 인기작가 와타나베 료이치(渡?亮一)의 원고를 받아 오면 유명 출판사에서 편집장으로 채용해 준다고 한다. 어떻게 할 것인가

5. 세계적인 미국계기업이 당신의 전문지식을 높이 사 좋은 조건으로 스카우트를 했다. 단 2개월 안에 업무에 지장 없도록 영어를 완전히 마스터하라는 조건부다. 당신이라면 어떻게 하겠는가

6. 당신이 바라던 직장에서 1년 동안 무보수로 일해주면 당신과 계약을 맺겠다는 기업이 있다

1. 당신의 초봉을 어느 정도로 예상하는가. 그 판단 기준은?

2. 당신은 얼마가 있으면 1년을 재미있게 살 수 있는가. 그 산정기준은?

3. 당신에게 미국 하버드대학에서 1년 동안 공부할 기회가 주어졌다. 무엇을 배우고 싶으며 유학비용은 어느 정도 필요한가

4. 당신이 지금 하고 싶은 일에 투자할 수 있는 자금을 얼마나 조달 가능한가. 그 방법과 금액을 산출해 보라

5. 1,500만 원을 준다면 무엇에 쓰겠는가. 그 이유는 무엇인가

4 자기가 하고 싶은 일을 표현하는 기술

5 자신이 하고 싶은 것을 실현하는 시간의 기술

6 자신이 하고 싶은 일은 '저 멀리' 서 다가온다

인간은 무한한 가능성의 소유자다. 다양한 가능성이 인간에게 열려있다.
가능성이 많은 만큼 하고 싶은 일도 무궁무진하다.

1. 자신을 아는 것이 가장 재미있다

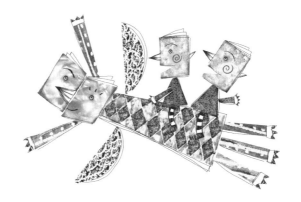

당신은 호기심이 많은가? 모든 일에 적극적으로 도전하는 성격인가? 만약 그렇다면 당신의 일상은 짜릿한 재미로 가득할 것이다.

우리의 외부세계는 다양한 사건, 인류의 생존과 관련된 범세계적인 문제를 비롯해 개인적인 스캔들이나 프라이버시 문제에 이르기까지 흥미로운 사건들로 가득하다. 개인의 일대기나 교제에 눈을 돌려도 흥미롭다.

그러나 자신에 대해 생각하는 것만큼 재미있는 것은 없다.

소설이나 학문의 영역을 사상가 요시모토 다카아키(吉本隆明, 시인, 문예평론가, 사상가) 씨는 사적인 영역 즉 관념의 영역이라 했다. 인간은 이처럼 무한한 깊이와 넓이의 관념 세계를 가지고 있다.

인간의 특징은 이렇게 무한하고 다양한 관념의 세계를 지녔다는 점이다. 그리고 자아에 대해 생각한다는 점, 즉 자신과 교류하고 자신을 알게 되는 재미는 끝이 없다.

이런 의미에서 인간은 '자신'에게 가장 매료된다고 해도 과언이 아닐 것이다. 이처럼 자신을 생각하는 능력은 사람에게만 주어지는 것이다.

그러나 인간이 '무언가'를 본인 안에서 찾기란 매우 어렵다. 눈에 보이지도 않고 막연하기 때문이다. 그래서 결국 사람들은 눈앞에 보이는 구체적인 무언가를 찾는 데 혼신을 다한다.

자신이 하고 싶은 것을 생각하기 전에 부모나 학교, 사회가 제공하는 것에 눈을 돌리고 그것에 집착한다.

이렇게 대부분의 사람들은 자신에게 제공될 '무언가'와의 관계 속에서 자신을 바라보고 자극적인 것에 반응하며 살아간다. 즉 자신을 본다고 하지만 외부와의 관계 속에서 자신을 바라보는 것이다.

물론 외부에 반응을 보이는 것도 중요하다. 인간은 외부세계와의 관계 속에서 만들어지기 때문이다. 그러나 내면의 눈으로 자신을 바라보면서 자신이 하고 싶은 일이 무엇인가를 진지하게 생각해본 사람만이 주변 상황이 변하거나 사라져도 흔들림 없이 목표를 향해 매진할 수 있다.

003 자신이 하고 싶은 것을 넓은 세계에서 찾자

학생들에게 '지금까지 읽은 소설 중에 뭐가 제일 재미있지? 라는 질문을 던지면 대부분이 아쿠타가와 류노스케(芥川龍之介, 일본의 소설가. 도쿄대학 영문과 졸업. 단편 《노년》《라쇼몽》 등을 발표하며 일본 문단의 귀재로 평가받았다)의 소설이라고 대답한다. 그 이유를 물어보면 '교과서에 실려서' 라고 한다.

이는 누구에게나 주어지는 교과서 밖에 읽지 않았다는 것을 말한다. 본인에게 주어진 한정된 범위 속에서 감동하고 그 외의 다른 세계에는 관심을 기울이지 않는다는 것이다.

이렇게 수동적인 틀 안에 갇혀있다 보면 자신이 하고 싶은 일도 지금까지 접한 one of them에서 찾을 수밖에 없다.

이는 자신을 매우 좁은 세계에 가두는 일이다. 인간은 무한한 가능성의 소유자다. 다양한 가능성이 인간에게 열려있다. 가능성이 많은 만큼 하고 싶은 일도 무궁무진하다.

따라서 자신이 하고 싶은 것이 무엇인지 생각하는 일은 무한한 가능성에 대한 도전이라고 할 수 있다. 눈앞에 주어진 세계뿐만 아니라 더 넓은 세계로 눈을 돌려야한다. 즉 '비목전(非目前−눈앞에 것이 아닌)' 의 세계로 사고를 전개해야 한다.

'비목전' 의 세계란 눈앞에 보이는 세계가 아닌 눈에 보이지 않는 관념적인 세계를 포함한 더 넓은 세계를 의미한다. 따라서 '비목전' 의 세계로 시야를 돌린다는 것은 현실적인 세계이기는 하나, 주변에 있는 구체적인 세계가 아닌 외부로 확장된 세계, 예를 들어 세계 각지에서 일어나는 뉴스에 관심을 기울이는 것을 말한다. 또한 관념적인 세계에서는 자신의 마음속을 들여다보는 일이기도 하다.

내 안에는 무한한 가능성이 있다. 그러나 아이러니하게 들릴지 모르지만 자신 안에 없는 것을 찾아 나서는 것이 하고 싶은 일을 발견하는 지름길이다.

자신이 하고 싶은 일을 열심히 생각한다고 해서 그 일이 찾아지는 것이 아니다. 즉 관념만으로 자신이 하고 싶은 일을 찾기는 어렵다.

현실세계 속에서 자신이 어떠한 위치에 있는지 관심 있는 분야가 무엇인지를 열심히 알아내야 한다. 즉 자신을 생각하고 분석하는 것 외에도 자신의 관념을 현실세계와 폭넓게 대조해보는 작업을 하지 않으면 진정으로 자신이 하고 싶은 일이 무엇인지 발견할 수 없다.

이런 과정 없이는 자신이 하고 싶은 것이나 생각하고 있는 것은 허상에 불과할 뿐이다.

예를 들어 음악이 좋고 피아노에 재능이 있다고 판단한 사람이

뮤지션이 되기로 결심했다고 가정하자. 그러나 단순히 음악이 좋다는 이유로 뮤지션이 될 수는 없다. 피아노도 약간의 재능이 있는 사람은 얼마든지 있다. 자기 스스로 재능이 있다고 생각하는 것은 자기만족일 뿐이다.

넓은 세계를 통해 재능이 있다는 것을 검증해야만 그 여부를 알 수 있다. 즉 콩쿠르에서 입상하는 등 넓은 세계에서 자신의 재능을 확인할 필요가 있다.

그러나 여러 번 콩쿠르에서 떨어져 자신의 재능을 인정받지 못하면 심사위원들이 보는 눈이 없으며 자신의 재능은 너무나 뛰어나서 평범한 사람들은 알아보지 못한다고 생각하는 사람이 있다. 이는 자기만의 관념 속에 갇혀 나르시시즘에 빠진 것이다.

이러한 착각은 누구나 쉽게 할 수 있다. 글 솜씨가 조금이라도 있으면 소설가의 재능이 있다고 생각하고 그림을 잘 그린다는 단 한 번의 칭찬으로 화가가 되겠다고 간단하게 생각해버린다. 그리고 이런 사람들은 유독 현실세계에서 재능을 평가받는 것을 두려워하며 소설가 또는 화가의 재능이 있다고 굳게 믿으면서도 세상에서 겨루기를 꺼려하고 후리타(フリ-タ, 영어 'free'와 독일어 'arbeiter'의 합성 신조어. 일정한 직장에 취직하지 않고 아르바이트만으로 살아가는 사람을 가리킴)로 살면서 자신은 주변에 있는 사람과는 다르다는 쓸데없는 우월감에 빠져 언젠가는 훌륭한 사람이 될 수 있다는 환상을 안고 살아간다.

젊은이들은 자신에게는 이런 능력이 있으므로 이런 일을 하고 싶다는 말을 너무 쉽게 뱉는 경향이 있다. 그러나 진짜 그 분야에 능력이 있고 본인이 하고 싶은 일인지는 주변의 현실세계에서 다양한 경합을 해보고 현실과 희망과의 괴리를 느끼고 실패를 체험하고 나서야 비로소 알 수 있다.

그러므로 자기 주변의 좁은 현실세계만을 보며 자신이 하고 싶은 일을 발견하려는 것은 매우 위험한 일이다. 조금 더 시야를 넓혀 넓은 세상에서 자신이 하고 싶은 일을 발견한다면 눈앞에 보이는 것은 단순한 경험에 불과하다는 사실을 알게 된다.

자신을 분석하는 것도 중요하지만 자기만의 착각 속에 빠지지 않는다는 점에서 현실세계를 넓고 멀리 바라볼 수 있는 시야를 가지는 것도 중요하다.

005 넓은 세계에 통하는 많은 입구를 마련하자

공부는 왜 중요할까. 왜 학교에 가야하나. 왜 어렸을 때 책을 읽어야하나. 이 질문에 한 마디로 답한다면, 주변 환경과는 다른 새로운 것들에 접할 수 있기 때문이다. 학교에서 배우는 교과서에 광범위한 내용을 담는 이유도 이 때문이다. 넓은 세계로 통하는 입구를 많이 확보할수록 자신이 무엇을 하고 싶은지 열심히 생각하게 된다.

사람들은 이것이 내 취미다, 이것이 내 기호라고 쉽게 말한다. 그러나 좀 더 생각해 보면 '기호'는 지금까지 경험한 범위 안에서 만들어진 것이다.

세상에는 당신이 직접 체험하지 못한 일들이 굉장히 많다. 이렇게 직접 체험할 수 없는 것을 책이나 공부를 통해 간접적으로나마 체험할 수 있다. 이를 유사체험(類似體驗)이라 한다. 책을 읽고 공부를 하면 세상이 넓어지고 세계와 통하는 통로가 확장된다.

또한 자신이 지금까지 직접 체험하고 생각해온 것을 시험할 수 있는 기회이기도 하다. 자신의 좁은 세계가 넓은 세계와 부딪히는 것이다.

아무리 하고 싶은 일이라도 자신의 주변을 벗어나 넓은 세계와 경합하는 긴장을 경험하지 않고서는 조금 나은 사람을 만나면 쉽게 무너져버린다.

006 부모의 반대를 이유로 드는 것은 자기보호의 변형

자신이 가장 소중하다는 것은 어떤 뜻일까.

만일 여러분이 하고 싶은 일과 좋은 직장이 있는데 부모님 곁을 떠나야 한다. 그러나 부모님이 섭섭해 하실 때 당신이라면 어떤 선택을 하겠는가. 본인이 가장 중요하다고 생각한다면 부모님의 마음은 무시하고 취업을 할 것이다. 그러나 취업을 포기하고 부모님 곁에 남겠다는 사람도 있다.

결혼도 마찬가지다. 부모님이 반대하니까 포기한다거나 사는 곳이 집과 너무 멀리 떨어져 있어서 안 된다거나 나는 정말 하고 싶은데 지금까지 쌓아온 생활이 무너지니까 안 된다고 말하는 사람도 있다.

이렇게 다른 사람과의 관계에 자신을 묶어두는 사람이 있다. 이는 다른 사람을 핑계로 자신을 안전하고 안락한 장소에 방치하는 것이다.

이는 매우 안이한 방법으로 자신을 두 번째로 생각하고 소중히 하지 않는 태도다.

좀더 심하게 말하면 다른 사람의 처지를 배려하는 듯 하면서 다른 사람을 핑계로 자신을 보호하는 결정을 내리는 이기적인 심리다.

이런 사람은 나중에 꼭 이렇게 변명할 것이다. 부모님을 위해 인내했다, 형제를 위해 희생했다, 내 마음은 다른 길을 가고 싶었지만 주변 환경이 허락지 않아 그렇게 못했다고.

자신이 진심으로 원하고 실현하고 싶다면 주변의 상황들을 외면할 수 있어야 한다. 물론 원하는 것들을 모두 실행할 수는 없으므로 때에 따라서는 차선책을 택할 때도 있다.

그러나 내가 원한 것은 이게 아니었는데 할 수 없이 이 길을 택했다고 생각하는 것은 자신에게 솔직하지 못하다는 점도 있지만 자신을 소중히 여기지 않는다는 증거이기도 하다.

자신이 바라는 삶을 선택하거나 자기보호를 등한시 하기란 매우 어렵다. 본인에게 엄해져야 하기 때문이다. 이것이 내가 하고 싶은 일이라고 생각했다면 그에 대한 수단과 노력, 그 노력에 대한 책임을 자신이 져야한다. 타인에게 책임을 전가하거나 사정이 좋지 않았다는 변명을 늘어놓아도 세상은 알아주지 않는다.

더 심하게 말하면 주변의 사정 때문에 할 수 없었다는 말은 자신이 진심으로 하고 싶어 하는 일이 아니었다는 말이 된다.

자기가 책임을 진다는 것은 자신을 알고 자신과 대면하는 일이다. 부모나 형제, 주변 사람들에게 책임을 전가하면 자신을 알 수 있는 기회를 놓치게 된다.

어떠한 인생을 선택하더라도 자신이 생각한 대로 되는 것은 아니다.

편한 길을 선택하더라도 그 후의 인생이 편하게 펼쳐지지 않는다. 그 나름대로 고생과 예상치 못한 고난이 따르게 마련이다.

그런데 반대로 이 길만이 내 길이라 생각하고 힘든 길을 선택한 경우에도 많은 시련은 있을 것이다. 힘든 삶을 택했다고 해서 반드시 내가 하고 싶은 대로 된다는 보장도 없다.

그러나 자신이 선택한 길이라면 실현할 수 있는 방법을 스스로 모색하고 어떻게 해서든 조금이라도 실현시키기 위해 노력하는 자세가 필요하다.

즉, 아무리 어려워 보여도 자신이 하고 싶은 길을 선택할 수 있는 자세를 지녀야 한다.

그것이 자신을 넓은 세계로 뻗어 나가게 하는 방법이며 그와 동시에 자신의 내부를 분석하고 자신을 발견하는 길이다. 즉 자신이 하고 싶은 일을 하기 위한 지름길이다.

나는 대체 누구인지를 진지하게 생각하거나 자신을 소중히 여기는 것은 매우 중요하다. 그렇지만 사람은 정작 자신에 대해 가장 모른다.

자신은 누구인가에 대한 질문은 인생에 관한 여러 가지 의문 가운데 중심에 있다. 그러나 자신이 무엇인지 간단명료하게 답할 수는 없다. 열심히 생각하면 할수록 본인에 대한 상(像)이 다면적(多面的) 또는 다의적(多義的)이 되면서 다양한 자신의 모습이 비춰져 더욱 모호해진다.

그러나 이런 현상은 그만큼 자신을 깊게 생각했기 때문에 나타난다. 반대로 자신을 관찰하지 않는 사람은 자신의 상(像)을 자신이 상상한 대로 생각하기 때문에 단순 명료하게 '나는 이렇다'고 단언하게 된다. 나는 이러하니 이걸로 된 게 아니냐. 다른 사람이 나에 대해 왈가왈부할 필요가 없다는 생각을 하는 것이다.

010 자신을 알려면 자신을 외부에 내던져야 한다

본인에 대해 생각하는 것도 중요하지만 자신에 대해서만 생각을 하다보면 좁은 세계에 갇혀 오히려 자신이 보이지 않게 된다. 그러므로 본인 이외의 세계와 활발히 접촉하는 것도 자신을 알 수 있는 기회다. 다양한 상황 속에서 자신의 태도와 심리를 분석해 보면 자기 안에 있는 다양한 면을 발견할 수 있다.

넓은 세계 속에서 그 세계에 있는 많은 것들 중 지금 나란 존재는 무엇인지, 어디에 거점이 있는지, 그곳에서 무엇을 해야 가장 좋은지 등에 대해 고민하다 보면 많은 에너지가 소요된다는 것을 알 수 있다.

자신을 안다는 것은 머릿속으로만 안다는 말이 아니다. 현실적인 경험을 통해 안다는 것이다. 자신을 외부세계에서 객관화, 즉 현실 상황과 대조해서 생각할 때만 알 수 있다.

소설을 쓸 때 이런 표현을 하는 사람들이 있다. 개요와 쓰고 싶은 것이 무엇인지는 아는데 그것을 나타내는 표현이 생각나지 않는다고. 그러나 그것은 무엇을 쓰고 싶은지 모른다는 증거다. 자신이 생각하고 있는 바를 표현하지 못한다는 것은 쓰고 싶은 것이 제대로 형상화되지 않았기 때문이다.

011 '나'란 그때그때마다의 잠정적인 명제

안다는 것은 뭐든지 알게 된다는 뜻이 아니다. 이것이 포인트라는 것을 명심하면 된다. 즉 내 안에 있는 핵을 찾아내면 되는 것이다.

이는 단순히 '나는 나야'라고 정의를 내리라는 말이 아니다.

지금까지 다양한 세계와 접해온 것 중에 내 포인트, 핵을 발견하는 것이 자신을 발견하는 길이다. 따라서 최종적으로 '나는 이렇다' 라는 정의는 내릴 수 없다.

'그때그때의 자신' 밖에는 발견할 수 없다기보다 '그때그때의 자신' 밖에는 존재하지 않기 때문이다. 즉 나는 이렇다는 '불변의 동일성' 은 존재하지 않는다.

내 예를 들자면 학생시절의 나는 오사카대학의 학생이었으며 독신이었지만, 지금의 나는 와시다 고야타(鷲田小彌太)이며, 대학 교수이자 3명의 아버지라는 현재의 나밖에는 없다.

즉 '나' 라고는 하지만 '나는 무엇 무엇이다' 는 명제는 그때마다의 잠정적인 명제는 있어도 절대적이고 최종적인 명제는 없다. 때문에 자아를 탐색하면 할수록 잠정적인 명제가 늘어나 자신이 더욱 불명확해지는 것이다.

012 자신을 모르게 될 때까지 넓은 세계로 나가라

나를 알 수 있는 가장 중요한 방법은 위에서 언급한 바와 같다.

자신을 탐색하면 할수록 자신을 모르게 된다는 사실은 부정적인 의미로 말하는 것이 아니다. 원래 세상은 알면 알수록 아름답고 깨끗하고 명료하게 보이지 않는 법이다.

세상은 알면 알수록 깊이가 생겨 그 속에 무엇이 있는지 탐구할수록 모르게 된다. 그것이 인간의 인식세계다. 따라서 다양한 세계를 접한 경험이 있는 사람은 많은 것을 알지만 세계를 단순명쾌하게 '이렇다' 라고 말하지 않는다. 다른 사람의 다양한 삶의 방식은 인정하면서도 막상 자신의 삶은 쉽게 결정을 내리지 못한다.

자신을 탐색하면 할수록 방향을 잃게 되는데 그래서 자신을 가장 모르게 되는 것이다.

그러므로 자신을 모른다는 것은 부정적인 의미가 아니라 자신을 모를 정도로 넓은 세계에 있다는 의미가 된다.

013 넓은 세계에서 다시 자신이라는 세계로 돌아올 힘이 있나

그러나 자신을 넓은 세계에 그대로 방치해 두면 안 된다. 그곳에서 다시 본인이 있는 현실 세계로 돌아와야 한다. 사람들은 그런 여행을 무의식적으로 하고 있다.

예를 들어 소설을 읽거나 논픽션이나 TV 드라마를 보는 것이 그러하다. 그 작품에 빨려들어 감정을 이입하고 자신을 잊은 채 흥분을 한다. 이를 엑스터시, '황홀' 이라 하는데 이는 자기망각이자 자기해방이기도 하다.

그러나 흥분한 채 자신을 잊고 내용에 심취해 살인을 저지르는 우를 범하는 사람도 있다. 그런 사람은 현실로 돌아오는 힘이 없는 사람이다.

다시 현실로 돌아올 수 있는 힘, 자신을 되찾을 수 있는 힘이 있는지 여부가 중요하다. 작품에 불과하다는 것을 이해하고 있는지 여부, 그 세계 속 어디에 자신이 있는지를 파악하는 것이 관건이다.

014 무의식중에 자신을 생각하는 것이 인간이다

인간이란 자기만을 생각하는 이기적인 동물이다. 예를 들어 소설에서 자신을 전혀 개입시키지 않은 작품, 자신의 이야기를 담지 않은 소설이 있다. 그러나 자세히 읽어보면 자신을 생각하지 않는 방식을 통해 자신을 생각하고 있다는 사실을 알 수 있다. 구체적으로 말하면 인간은 자신을 생각하지 않는 방법을 통해서만 자신을 표현할 수 있다.

가장 전형적인 것이 모리 오가이(森鷗外–1862~1922 일본의 소설가, 평론가, 군의관, 당시 신문학의 개척기였던 일본문단의 대표적인 작가의 한 사람으로 많은 업적을 남겼다) 역사물을 읽지 않는 사람은 자신의 경우와 다르고 자신의 인생과는 관계가 없다는 이유로 역사물을 읽지 않는다.

반대로 역사소설을 쓰는 사람은 현대와 다르기 때문에 자유롭게 쓸 수 있으며 역사적 사실에 입각한 내용이므로 쓰기가 쉽다고 말한다. 그러나 이런 사람들은 역사소설을 잘 모르는 사람이다.

015 오가이(鷗外)는 '역사 그대로'를 표방하여 자화상을 그림

모리 오가이(森鷗外)란 사람은 만년에 역사물에 손을 대는데, 이는 모두 자서전이라 봐도 무방할 것이다. 모리 오가이의 초기 작품 《무희(舞姬)》나 《기러기(雁)》 등은 자서전적인 요소를 띤 소설이지만 만년에 쓴 역사물은 자신의 행동에 대한 변명을 쓴 자기변명서다. 이 소설들은 자신을 정당화하기 위해 쓰여졌다. 가메이 히테오(龜井秀雄)씨도 《감정의 변혁》(講談社)에서 그렇게 분석하고 있다.

소설을 쓰는 방법은 다양하므로 그 나름의 맛이 있다. 그러나 모리 오가이는 '역사 그대로'를 썼다고 하면서 모리 오가이란 어떤 사람이며 어떤 삶을 살았으며 어떤 생각을 하고 살았는지, 세상과 세계에 대해 어떤 생각을 갖고 있는지를 역사소설이라는 형식을 빌려 여실히 표현하고 있다.

즉, 등장인물에 작가의 삶과 생각이 투영된 것이다.

016 위가 아플 때는 불쾌하다는 신호

인간이란 자신을 의식하지 않고 무언가를 썼을 때 비로소 무의식적으로 자신을 자유롭게 표현할 수 있다. 역사소설을 쓰는 매력이 바로 여기에 있다.

기분이 좋을 때는 위의 존재를 느끼지 못한다. 반면, 위가 쓰리면 몸도 마음도 좋지 않다는 위험신호다.

이와 마찬가지로 자신을 의식해야 할 때는 그만큼 힘이 든다. 뭔가를 쓰고 있을 때는 자신을 의식하게 된다. 이는 매우 힘든 일이다. 그래서 일반적으로 작가는 우울한 상태가 아니면 글을 쓰지 못한다.

그런데 흥분하여 자신을 망각할 때는 기분이 날아갈 듯이 좋다. 엑스터시, 광란상태인 것이다. 자신에 대해 전혀 신경 쓰지 않고 자의식을 갖지 않아도 될 때가 가장 자유로운 때이다.

017 현실과 동떨어진 책에 빠지면 자신으로부터 벗어나는 효과가 있다

역사소설 등 자신이 사는 세계와 전혀 다른 세계에 몰입하면 그곳에서는 '자신'을 신경 쓸 필요가 없기 때문에 잡념을 잊을 수 있다.

그런 세계에서는 자신이 속한 장소나 자신이 어떤 존재인지 그곳에서 무엇을 해야 하는지를 직접 느낄 필요가 없다. 우리가 타지를 여행하거나 현실과 거리가 먼 책에 매력을 느끼는 이유도 바로 이러한 점에 있다.

반대로 판타지 소설을 쓸 때 그곳에 작가 본인의 모습을 의식적으로 등장시킨다면 그것은 판타지도 아무것도 아니다. 마치 변형된 작가의 자의식이 드러나 등장인물에서 작가의 냄새가 코를 찌르는 작품이 될 것이다.

모리 오가이의 역사소설에는 본인이 등장하지는 않지만 오가이란 이런 인물이라는 메시지가 곳곳에 담겨 있다. 그렇기 때문에 오가이의 역사물에서는 왠지 모를 위화감이 느껴지는 것이다.

018 오가이의 소설을 좋아하는 사람은 이상한 명예욕이 있다는 논리에는 근거가 있다

오가이는 초기에는 사소설(私小說)을 주로 썼는데 이는 모두 자신이 행한 만행들을 은폐하기 위한 자기고발적인 변명에 불과했다. 자신은 너무나 나쁜 사람이었다고 고백하는 참회록의 형식을 취하면서 자신을 옹호하고 있다.

그러나 후기 역사소설에서는 역사속의 실존인물을 이용하여 자신의 위대함을 과시한다. 모리 오가이는 자신의 존재가치를 높이기 위해 소설을 쓰는 사람이다.

그는 군의총감(軍醫總監)까지 올랐으니 그 바닥에서는 최고의 권위자였다. 그러나 그는 그런 평가만으로는 만족하지 못한다. 명예욕이 대단한 인물이었다.

019 일시적인 자기망각보다는 일상적인 활동에서 자신을 잊는 편이 자신이 하고 싶은 일을 하는 것이다

오가이 본인은 어떻게 생각했던 간에 그 삶이란 어색하고 불편했을 것이다. 오가이처럼 과도하게 자기의식이 강한 사람은 반대로 자신에 대해 전혀 신경을 쓰지 않고, 자신의 정신과 신체 상황을 전혀 느끼지 못할 때 최고의 자유로움을 느낀다.

그런 마음으로 일을 하거나 생활을 할 수 있으면 좋을 테지만 인간이란 그리 단순한 동물이 아니다. 자신을 망각한 채 흥분할 수 있는 시간은 매우 짧다. 장시간의 흥분상태가 가능한 경우는

수면시간 또는 정신적인 문제가 있을 때뿐이다.

한시적인 도박이나 휴가로 자신을 잊기보다는 일상적인 '일'로 자신을 잊을 수 있다면 그보다 좋은 일은 없을 것이다. 즉 자신이 하고 싶은 일을 발견하고 몰두하는 것이 가장 좋은 방법이다. 자신을 안다는 것은 자신을 전혀 의식하지 않고 열심히 무언가에 매달린다는 뜻이다.

020 두 눈 질끈 감고 자신을 잊은 채 열심히 매진해야 할 시기가 있다

이시카와 다쿠보쿠(石川啄木-1886년 이와테 현에서 태어나 1912년 26세의 나이로 요절한 천재시인이자 가인(歌人) 시 중에 '오늘은 내 친구들이 모두 훌륭해 보인다' 는 문구가 있다. 자신이 너무나 초라해 보인다는 내용이다.

20대 후반에서 30대 중반에 걸쳐 동년배들이 모두 취직을 한다. 주변 사람들도 사회에서 활발한 활약상을 보인다. 그런 모습을 곁에서 지켜보면서 나는 직업도 없고 있더라도 미래가 불확실하다며 불안해하는 시기를 누구든 한 번씩은 겪는다. 물론 나에게도 있었다.

내 경우는 사회에 대한 질투심이 끓어올랐다. 사회에 대한 저

주까지는 아니어도 절대로 지지 않겠다는 의욕이 불타 정신없이 5년간 두 눈 감고 열심히 달렸다.

그곳 밖에는 갈 곳이 없었다. 가족과 우정, 학교를 버리고 무조건 부딪혀야 한다는 일념 하에 열심히 매진했다. 그러던 어느 날 눈을 떠보니 길이 열려 있었다. 이것이 바로 내 젊은 시절이다.

021 아무것도 이루지 못한 시기에 매진할 수 있는지 여부

모리 오가이에게는 역경을 극복한 시기가 없었다. 14세에 제국대학(帝國大學) 예비학교에 입학하여 10대에 의대를 수석으로 졸업했지만 나이가 어리다는 이유로 유학대상자가 다른 학생으로 교체되어 그것을 참지 못하고 끝내 군의관이 되어 유학길에 올랐다. 재벌가 원로인 아마가타 아리토모(山縣有朋)의 오른팔 역할을 하며 군의총감까지 올랐지만 출세욕에 만족하지 못해 오가이는 불만을 품는다.

오가이의 사고와 행동의 중심에 있는 것은 '자신'이었다. 자신만을 바라본 일생이었다. 자신에게 집착하는 아집(我執)이 너무도 강해 추할 정도였다. 즉 오가이는 자신이 초라해 보이는 준비기가 없었던 것이다.

오가이와는 달리 나쓰메 소세키(夏目漱石, 일본의 근대 문학사를 대표하는 작가, 1867년 지금의 도쿄에서 8형제 중 막내로 태어났다. 도쿄 제국대학 영문과를 졸업하고 1900년 일본 문부성 제1회 국비 유학생으로 선발되어 2년간 영국에서 유학 생활을 하였다. 귀국 후 도쿄 제국대학 강사로 재직하던 중 문예지에 발표한 '나는 고양이로소이다'(1905)가 성공하면서 작가로서의 생활을 시작하게 되었다)는 약간의 고비가 있었다. 때문에 그는 기묘한 소설가이기는 했지만 자신을 객관화할 수 있는 근대소설가라 생각한다. 자신이 아직 뭔가를 이루지 못했을 때 열심히 매진하는 시기가 모라토리엄(moratorium 지불유예)인 것이다.

022 모라토리엄이란 '전문성'을 갖추기 위한 준비기간

모라토리엄이란 유예기간을 뜻한다. 중학교부터 고등학교, 대학교까지를 모라토리엄 시기라 부를 수 있겠으나 수험 공부하는 시기가 있기 때문에 대학 4년간과 졸업 후 짧은 기간이 모라토리엄 시기라고 할 수 있을 것이다.

여러분은 대학 4년 동안 이 부분만큼은 교수에게 지고 싶지 않다는 분야가 있었는가?

지금 대학은 취업을 위한 모라토리엄기간이 되고 있다. 이공계라면 대학에서 배운 것을 직업으로 살릴 수 있지만 인문계의 경우는 대학에서 배운 것과는 전혀 다른 직업을 갖게 되는 경우가 많다. 그래서 대학 4년 동안 공부는 뒷전으로 미루고 유희와 아르바이트에 정신이 팔려 모라토리엄을 한가하게 보내는 사람도 많다.

또한 대학에서 배운 것을 살리려면 전문적으로 전공을 공부해야 하는데, 그러려면 대학원을 포함하여 7, 8년이란 시간이 걸린다. 그러므로 대학교 3, 4학년 때부터, 예를 들어 겐지이야기(源氏物語―일본 왕실의 귀공자 히카루겐지(光源氏)의 여성편력을 통해 11세기 초 일본의 궁중생활과 사랑관 등을 담은 일본 최고 고전) 몇 권중 이 부분만큼은 교수보다 자신 있다고 할 수 있는 영역이 있어야만 평가를 받을 수 있다.

이것이 바로 전문분야다. 그리고 전공을 제대로 습득하기 위해서는 무수히 많은 시간을 투자해야 한다.

023 백지상태에서 아무것도 모른 채 열심히 매진하는 준비기간을 갖자

처음 '전공' 과목을 접할 때는 무엇부터 시작해야 좋을지 잘 모른다. 읽어봐도 무슨 내용인지 모를 것이다. 그래도 하는 수밖에 없다.

예를 들면 나는 칸트의 철학서적을 펴놓고 무조건 읽었다. 그

것도 독일인들도 어려워하는 원서로 말이다. 번역본을 읽어도 더 모를 뿐이다. 이런 과정을 나의 선생님도 다른 학자들도 겪었다.

철학은 칸트로 시작해서 칸트로 끝난다는 말이 있는데 왜 그런지 영문도 모른 채 무조건 읽었다. 게다가 너무나 길어서 언제 다 읽을지도 몰랐다. 학부 2년, 석사 2년, 총 4년을 줄곧 이렇게 보냈다. 그러자 어느 날 갑자기 칸트의 말들이 머릿속에 입력되어 있었다.

이러한 노력의 시간을 모라토리엄 시기라고 부르는 게 아닐까 싶다.

024 오리무중으로 세상과 싸우다보면 어느 새 자신이 성장했음을 알 수 있다

일반적으로 대학생의 모라토리엄이라고 하면 반드시 '전문지식'을 배우는 시기를 두고 하는 말은 아니다. 자신이 앞으로 일생을 어떻게 살아갈지(인생의 목적), 왜 사는지(수단) 등을 생각하는 기간을 말한다. 직업뿐만 아니라 살아가는 스타일도 여기에 포함된다.

그러나 대학 4년은 눈 깜짝 할 사이에 지나간다. 대학 입학 후

4월까지는 지루하게 흘러가지만 여름이 지나면 바로 겨울이 오고 겨울이 지나면 바로 봄, 여름이 온다. 시간은 바람처럼 흘러간다.

그 기간 동안 열심히 자신의 세계를 넓혀야 한다. 독서나 아르바이트를 통한 사회체험, 교내 동아리활동 등 다양한 것들을 할 수 있다. 그 속에서 싸우며 자신을 잊어보자.

자신을 보지는 않지만 대체 나는 어떤 사람인지를 끊임없이 생각해보자. 자신에 대한 고민이 사라졌을 때 되돌아보면 자신의 희미한 모습을 볼 수 있을 것이다. 그런 시기가 모라토리엄이다. 이렇게 보면 대학 4년은 매우 짧은 시간이다.

025 어떤 매력적인 일이라도 새로운 단계에 오르기 직전에는 반드시 이완기간이 필요

수년 전 NHK 아침 드라마에서 목수 견습생이 주인공으로 등장한 적이 있다. 그 여자 주인공은 목수가 되고 싶어 그 분야에 뛰어들었는데 시간이 지나 자신이 하고 있는 일에 아무런 의미를 찾지 못하게 된다. 재미도 없고 반복되는 일상이 지루하다는 생각을 하는 자신에게 혐오감을 느낀다. 그래서 일단 그만두기로 한다. 하지만 그만 둔 후 안절부절못하고 미련으로 가득 찬 자

신을 보게 된다. 소중한 무언가를 잃어버린 느낌을 받은 그녀가 목수 일에 새로운 의미를 발견한다는 스토리다.

아무리 매력적인 '직업'이라도 그런 이완기간이 한 번쯤은 있다. 그 이완은 미숙한 견습시절을 겪고 있다는 증거이기도 하나, 본인은 전혀 깨닫지 못한다. 평범한 직업의 경우는 일단 그만두면 더 이상 기회는 없다. 그래서 관두지 못하고 어쩔 수 없이 일에 끌려 다니는 것이다.

026 자신이 하고 싶은 일을 찾는 데 4년은 너무 짧다

대학의 모라토리엄기간 동안에 자신을 파악하고 알고자 하지만 더욱 미궁에 빠져 결국에는 난관에 부딪힌다. 마음 구석에서는 약한 마음이 들지만 포기하지 않고 끝까지 매진했을 때 비로소 본인의 모습을 막연하게 보게 된다. 4년 동안 그런 시간을 보낸 사람은 대단한 보물을 얻을 것이다.

나는 그 단계에 이르는 데 6년이라는 긴 시간이 걸렸다. 지금 젊은이들도 4년 안에는 힘들 것이다. 회사에 취직을 해도 자신이 하고 싶은 일이 과연 이 일인지 바로 알 수는 없다.

그러나 지금은 회사도 그만두고 싶으면 그만둘 수 있다. 예전에는 일이 있어도 전직을 꺼려하는 분위기가 팽배했다. 이력서에 오점을 남긴다는 생각을 했기 때문이다. 자신이 걸어온 길을 자신이 변경하는 것은 자신을 부정하는 일이라 생각하고 꺼려했던 것이다.

027 '회사인간'에 문제가 있다면 좁은 자신의 모습에 만족하기 때문이다

지금은 이혼을 하건 회사를 퇴직하건 태어난 고향과 영 다른 곳에 살건 전혀 문제가 안 되는 시대가 됐다.

하지만 30년 전은 지금과 달라서 변화와 변경이 어렵고 자신의 자리가 매우 좁게 느껴졌다. 세계가 좁아 선택지도 적었으므로 4년 안에 하고 싶은 일을 발견할 수 있었지만, 세계가 몇 배 더 커진 지금은 사정이 다르다.

대학 4년 동안 또는 취업한 후 모라토리엄시기에 직면했을 때 주의해야 할 점은 자신과 미래에 대한 생각에만 집착해서는 안 된다는 점이다. 우선 세계를 넓혀야 한다.

자신의 세계를 넓히는 작업을 하지 않으면 회사에서 일만 하고 있는 느낌, 학생 때보다 좁은 세상에 들어온 느낌을 받게 될 것이다. 결국 이도 저도 못하는 상황에 빠지게 된다.

그런 느낌 없이 직장에 쉽게 적응할 수 있다면 '회사인간'이 될 수 있다. 그러나 '회사인간'에 문제가 있었다면 자신이 너무 좁은 세상에 갇혀있는 것은 아닌지 되돌아보자.

자신을 알아간다는 것은 모든 것을 알게 된다는 뜻은 아니다. 우선은 자신의 입구, 즉 자신의 방향성을 찾아야 한다.

지금 사회는 선택지가 적던 과거보다 선택지가 다양한 만큼 자신의 방향성을 어느 정도 잡지 않으면 적응하기 힘들다.

회사에서 5,6년 일하다 보면 웬만한 것은 할 수 있다는 말은 대체가능한 일을 하고 있다는 뜻이다. 그 일은 전문성을 필요로 하지 않는다. 그곳에서 필요로 하는 것은 전문적인 인재가 아니다. 누군가가 그만두고 후임자가 어느 정도 시간이 지나면 할 수 있는 일은 프로가 하는 일이 아니다.

자신을 발견하는 일은 이런 일을 하고 싶다고 막연하게 생각하는 것이 아니라 어느 정도 방향을 잡고 그에 필요한 능력을 키워나가는 것이다. 전문대에 다니는 4년제 대학생이 늘고 있는 것도 그런 의식을 지닌 학생들이 많아졌기 때문이다. 모라토리엄시기에 그러한 과정을 거치지 않으면 대체가능한 일만 한다.

사회는 더욱 힘들어지고 있다. 정확히 말하면 힘들다기보다는 사회가 제대로 자리를 잡아가고 있다고 할 수 있다.

029 전문적인 능력이 요구되는 시대가 도래했다

예나 지금이나 이상하게 젊었을 때부터 일을 잘하는 사람이 있다. 예를 들어 시대소설가인 이케나미 쇼타로(池波正太郎- 1923년 동경 아사쿠사 출생. 주식중매점 및 구청에서 근무하다 극장 각본 및 연출 담당. TV시리즈로 방영된 작품도 다수. 미식가, 영화평론가로도 유명하다)는 주식중매점의 점원이 되어 10대에 주식을 조작하여 일확천금을 벌었다. 16세에서 17세 정도 때의 일이다. 그러나 자금의 입출이 커 주식을 그만두었다 한다. 참으로 재미있는 삶을 산 사람이다.

예전에는 대학을 나오면 전문적인 일을 할 수 있다고 생각했다. 그러나 1960년대부터 1980년대에 걸쳐 이러한 상황은 변했다. 어떠한 일이든 대응할 수 있는 능력을 갖춘 사람을 요구하게 되었다.

그 시절 기업에 입사한 간부급 후보들은 몇 년마다 부서를 바꾸며 다양한 일을 경험한 후 엘리트가 되었다. 즉 만능주의를 지향했다. 이런 시스템이 일본의 고도성장을 지탱한 힘이 되었고 이 당시의 기업들은 능력은 불투명하지만 사원의 잠재적인 능력을 높이 샀다.

그러나 1990년대에 들어 범세계적인 경쟁시대가 도래하자 처음부터 어느 정도 능력을 갖춘 사람을 선호하게 되었다. 즉 특정업무에 즉시 활용 가능한 인재를 높이 평가하게 되었다.

미국은 이미 그러했다. 실제적인 능력여부가 어떻든 간에 비즈니스 스쿨(MBA)을 졸업하면 경영자로서 또는 경력을 쌓은 사람과 동일한 일을 한다는 조건으로 높은 봉급을 받는다. 일반 회사원의 10배에서 50배에 가까운 계약금이 주어진다. 그 대신 기대에 부응하지 못하면 바로 자리를 비워야 한다.

030 대학 4년은 자신의 미래를 그려보는 시행착오의 시대

대학을 졸업하자마자 특정한 일을 할 수 있는 능력이 필요한 시대가 되었다. 예전의 모라토리엄시기처럼 4년 동안 멍하니 아무 것도 안 해도 됐던 시대와는 차원이 달라졌다.

전문지식의 유무와는 상관없이 모라토리엄시기에는 자신의 가능성을 다양하게 시도해 봐야 한다. 모라토리엄시대는 자신이 할 수 있는 역할들을 다양하게 시도해 볼 수 있다.

이때는 이런 저런 능력을 갖추려면 무엇을 어떻게 해야 하는지, 어떠한 단계를 밟아야 하는지를 생각하거나 아르바이트를 통해 실제체험을 하는 등 자신의 방향을 발견하기 위한 시행착오를 얼마든지 경험할 수 있다.

대학 4년은 더 이상 일과는 무관한 시대, 앞으로의 인생과는 전혀 다른 독립된 기간이 아니다. 대학에서 배운 것과는 무관하게 취업이 쉽사리 되던 기회가 굴러다니던 시대는 끝났다.

사무직이나 점원처럼 누구나 할 수 있는 일을 하고 싶다는 사람도 있다. 그러나 사무직이더라도 경리 업무를 보려면 경리와 관련된 지식과 컴퓨터 능력 등 전문지식과 기술이 필요하며, 영업을 하려해도 상품이 다양하므로 상품에 대한 지식이나 소비자의 요구를 파악할 수 있는 지식이 필요하다. 어떠한 일이든 능력과 노력이 요구되는 시대인 것이다.

031 다양한 시행착오의 무대에 서라

요즘 세상에서 자신이 하고 싶은 일을 하려면 하고 싶다고 생각만 해서는 안 된다. 그것을 실현하기 위해서는 시대의 흐름과 특징을 잘 읽어야 한다.

준비가 부족하면 어떠한 일도 시작할 수 없다는 것을 명심하자. 준비란 모라토리엄시대에 다양한 경험을 하는 것이다. 즉 사회라는 모의무대에 서서 연기를 해보는 것이다. 그곳에서 잘 해냈다고 해도 실제 사회에서 그대로 통용된다는 보장은 없지만 시행착오를 겪어 보는 것이 중요하기 때문이다.

불행히도 내 경우는 다양한 무대에 오르지 못했기 때문에 선택할 수 있는 직업은 한정되어 있었다. 그렇지만 회사에서 TV시청률을 조사하는 아르바이트나 고등학교, 대학교에서 시간 강사로 일하는 등 직업으로 삼을 수 있는 아르바이트 경험을 통해 자신을 알 수 있는 기회를 얻을 수 있었다.

032 대학에 간다면 정보도 일도 인간도 많은 도시로 가라

물론 자신에 대해 찬찬히 관찰하며 관념적으로 알아가는 것도 중요하다. 예를 들어 책의 세계에 몰입하는 것이다. 또 이렇게 관념적으로 '나는 이렇다' 라고 생각하는 것뿐만 아니라 자신에게 구체적인 역할을 부여해 보는 것도 좋다. 그러므로 다양한 경험을 해 봐야 한다. 자원봉사로 장기실습을 해보는 것도 좋다.

자신을 안다는 것을 간단하게 말하면 주변 환경보다 더 넓고 다채로운 세계, 즐거움도 슬픔도 몇 배 더 강한 세계에 자신을 던지는 일이다. 자원봉사의 장기실습은 학생 때가 아니면 쉽게 할 수 없는 일이다.

이러한 시도를 하라고 학생 때는 시간과 기회가 많은 것이다. 다양한 입구가 있는 세상이 펼쳐진다. 그러므로 대학은 넘쳐나는 정보와 문화와 사람과 일하고 놀 수 있는 곳, 즉 선택의 여지가 많은 곳으로 가야한다.

대학에 가는 것은 이런 의미도 있다. 대도시에서 대학에 다니며 다양한 사회와 사람들과 만나는 것이 모라토리엄시기를 가장 현명하게 보내는 방법이다.

033 비즈니스맨은 다른 일을 하고 싶어 하지만 행동으로 옮기지 않는다. 왜일까?

대부분의 비즈니스맨들은 하고 싶은 일을 하지 못하고 산다. 지금 하는 일이 있기 때문이다. 지금 하는 일이 곧 하고 싶던 일이라는 선택받은 사람도 몇몇은 있겠지만, 거의 대부분은 아쉽게도 그렇지 못하다. 지금 하는 일이 바빠서 하고 싶은 일을 할 시간이 없고 지금 일도 쉽게 그만 두지도 못한다. 좀 더 쉽게 말하면 비즈니스맨이 하고 싶은 일이란 지금과는 다른 일이다.

그러나 대학생의 경우는 하고 있는 것과 하고 싶은 것 사이의 괴리감 없이 다양한 선택사항만이 있을 뿐이다.

일정한 직업을 가지고 그 직업에서 자신의 능력을 발휘해야 할 때는 대부분이 기존에 하던 일의 연장선이 아니라, 하지 못했던 새로운 일이 된다.

그러나 일이 바쁘다거나 확실하지도 않은 가능성에 투자하는 것이 아깝다는 핑계를 대며 결정하기 힘든 일을 기회가 왔을 때 생각하자, 그때 하자라고 가능성을 스스로 닫아버리는 사람이 많다.

그러나 자신을 안다는 흥미로운 작업 없이 재미있는 삶을 살 수 있는가.

꿈을 꾼다는 것은 밤중에 꾸는 꿈만을 말하지 않는다. 자신의 미래를 상상해보거나 현실에서 일어나지 않은 일을 상상해보는 것도 꿈의 일종이다.

2 하고 싶은 일은 내 안에 있다

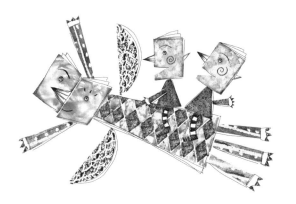

앞 장에서는 자신을 알려면 밖으로 시야를 넓혀야 한다고 했는데 이번 장에서는 반대로 하고 싶은 일은 모두 내 안에 있다고 말하고 싶다.

하고 싶은 일은 내가 모르는 어딘가에 존재하는 게 아니라 자신이 지금까지 생각하고 경험한 것, 상상하거나 포기한 것들 안에 있다.

즉 터무니없는 꿈을 좇거나 그 꿈에 이끌려 무언가를 발견하는 게 아니라 자신이 지금까지 경험하고 자신이 할 수 있는 것들 중에서 꿈을 찾아야 한다.

그리고 내 안에서 하고 싶은 일을 찾으려면 앞서 말했듯이 자신에게서 멀어져야 한다. 그곳은 책 안 일수도 넓은 현실 세계 일수도 있다. 먼 곳으로 떠난 후에 다시 자신으로 돌아오는 것이다.

꿈을 꾼다는 것은 밤중에 꾸는 꿈만을 말하지 않는다. 자신의 미래를 상상해보거나 현실에서 일어나지 않은 일을 상상해보는 것도 꿈의 일종이다. 꿈을 낭만이라고 부르는 사람도 있지만 악

몽도 있다.

나는 30대 때 한 달에 한 권 씩 논문을 쓰다 보니 한 달 동안 불면증에 시달린 적이 있었다. 잠자리에 들어도 논문에 논리적으로 문제가 있는 것은 아닐까, 내 의도와는 전혀 다른 방향으로 가고 있지 않을까 등 복잡한 생각들이 꼬리를 물어 도무지 잠을 이룰 수가 없었다. 대부분이 악몽이었다.

젊었을 때는 흔히 뭔가를 생각하면 과도하게 집착하는 경향이 있다. 여러 가지 면에서 모르는 부분이 많기 때문에 더 집착하게 된다. 즉 사고가 멈추고 머리가 조여드는 느낌이 든다.

모든 것들이 연관성 없이 따로 떨어져 있기 때문이다.

036 젊었을 때는 과감하게 관념을 키우자

나이가 들다보면 A와 B는 어떠한 상관관계가 있는지 다음 단계에서는 어떻게 처리해야 하는 지가 자연스럽게 보이게 된다. 물론 새로운 것을 보면 집착하게 되고 머리가 조여드는 느낌이 들기도 한다.

그러나 새로운 것에 눈을 돌리는 빈도도 적어지며 생각하고 자신을 철저하게 추궁하는 것도 줄어든다. 나이가 들면 머리가 건조해서 굳는 반면에 젊었을 때는 머리가 유연해서 굳는다.

어느 쪽이든 굳은 머리를 풀기 위한 최고의 방법은 술을 마시는 것이다. 그런데 젊은 사람은 술을 제대로 마시지 못하기 때문에 더 오래 고생한다.

젊었을 때는 관념만이 앞서 크게 부풀려 생각하기도 한다. 현실체험이라는 뒷받침이 없기 때문이다.

하지만 오히려 그런 부분에서 과거 또는 미래의 자신 안에서 가능성의 씨앗을 발견하고 키울 수도 있다.

단, 종자를 키우려면 대량의 물이 필요하다. 여기서 물이란 넓은 현실세계에서의 다양한 경험을 뜻한다. 관념은 마음껏 부풀려도 된다. 그러나 그 관념을 현실에 대응시키려는 노력 없이는 관념은 관념으로 끝나고 만다.

037 과거에 대한 꿈은 현실을 넘어 과거의 자신을 미화한다

50세가 넘으면 현실적으로 가능한 일과 그렇지 못한 일을 구분할 수 있게 된다. 때로는 시도도 해보지 않고 미리 결론을 내리기도 한다. 현실적으로 생각하는 경우가 많아졌기 때문이겠지만 그만큼 단념이 빨라졌다는 이야기도 된다.

어느 경우라도 꿈꾸는 일이 드물어진다. 떠오른 생각이 아무리 기발해도 허무맹랑하다고 치부하고 바로 접어버린다.

그런데 과거나 미래에 대한 관념을 구체화해 본 적이 없는 젊은이들은 관념만을 키워 꿈 또는 악몽을 꾸게 된다.

부정적으로 말하면 미래에 대한 꿈은 환상, 과거의 꿈은 환멸이 되는 것이다. 그러나 대부분의 사람들은 나이에 상관없이 과거를 환멸하기보다는 미화한다.

사람들은 미화된 과거와 자신이 연결되어 있다는 사실에 위로를 받는다. 이것이 꿈의 효력이다. 그러나 과거를 미화하는 것은 현실에 환멸을 느꼈다는 말이다.

038 앞으로의 일은 어떻게 되든 상관없다는 사람에게도 미래는 현실로 다가온다

'젊은 사람은 미래만 바라본다'는 말은 거짓말이다. 젊은이들이 자신의 과거를 과대포장하기도 하며, '요즘 아이들은 무슨 생각으로 사는지 모르겠다'는 말을 15살인 고등학생이 하기도 한다. 우리가 열 살 때는 그렇지 않았다. 즉 현재 열 살인 아이들보다 예전의 우리가 낫다는 말을 하고 싶은 것이다. 따지고 보면 똑같을 테지만 이미 지나간 과거이기 때문에 그런 이야기를 뻔뻔스럽게 할 수 있는 것이다.

그러나 대부분의 젊은이들은 과거를 되돌아보기보다는 앞으로

남은 미래를 향해 '무언가를 하고 싶다'고 생각한다. 꿈을 꾸는 것이다.

간혹 미래는 아무래도 상관없다고 말하는 사람도 있다. 그런 사람들은 '미래에 대한 준비를 꼭 지금 할 필요는 없다, 필요할 때 해도 늦지 않는다'고 생각할 뿐이다. 그러한 준비를 귀찮게 생각하는 것이다.

하지만 그랬던 사람도 필요하게 되면 어쩔 수 없이 준비를 하게 한다. 지나간 일은 합리화할 수 있지만 다가오는 미래는 피할 수 없기 때문이다.

039 신기하게도 인생의 시나리오를 직접 쓰면 실현된다

꿈속으로 가보고 싶지 않은가.

꿈속으로 간다는 말은 꿈을 실현한다는 뜻이 아니라 과거나 미래에 대해 우리가 바라는 사항을 적어보는 것이다. 즉 이야기를 만드는 것이다.

가령 부잣집에서 태어났다는 근거 없는 과거를 적는다면 그것은 실현 불가능한 망상에 지나지 않는다.

그러나 미래에 관한 이야기를 쓰다보면 완벽하지는 않더라도 어느 정도는 현실과 근접해진다. 대단하지 않은가.

나는 철학을 배우던 학생 때부터 반드시 글을 쓰며 돈을 벌고 싶다는 생각을 했다. 그런데 그 꿈은 현재 거의 이루어졌다. 물론 꿈을 실현하려면 단순히 상상만 해서는 안 되며 나름대로 노력을 해야 한다.

그렇다고 생각만 하면 그렇게 된다고 말하는 게 아니다. 전혀 생각지도 않던 것이 뜻하지 않게 이루어지는 일도 있지만, 간절히 원하고 달성하기 위한 방법을 모색하고 노력을 했는데 아무런 소득이 없는 경우는 거의 없다.

즉 간절히 바라고 꿈을 향해 매진했다면 일정의 성과를 올릴 수 있다. 세상에는 뜻밖의 행운도 있긴 하지만 그것은 극히 드물다. 그런 요행을 바랄 게 아니라 먼저 꿈을 꾸고 그 속에 들어가 이야기가 완성되도록 노력해보자.

040 자신의 역량을 조금 높게 평가한 설계도를 작성하자

꿈을 꾸고 이야기를 만든다고 하지만 우리는 자신의 몸값을 얼마로 상정해야 할지를 떠나서 자신의 힘을 정확히 알지 못한다.

가령 스스로 자신의 역량을 높이 평가하더라도 현실에서의 나는 복서로 돌변해 마이크 타이슨과 결투를 벌일 수 없는 일이다. 일반적으로 사람은 자신에 대해 잘 알기 때문에 오히려 낮게 평가를 하는 경향이 있다.

반면에 사람들은 그런 몸값과는 상관없이 지금 가지고 있는 능력을 발전시켜 더 나은 삶을 구현할 수 있기를 희망한다. 아무도 지금보다 생활이 어려워지기를, 처량해지기를 바라지 않는다.

사람들은 목표달성을 위해 필요한 과정, 역량, 시간 등을 현재 자신의 모습에 비춰 보고 어느 정도 노력해야 할지 얼마나 시간이 걸릴지를 계산해 본다. 즉 꿈을 실현하기 위한 설계도를 작성한다.

나는 이 때 자신의 능력을 조금 후하게 평가할 것을 권장한다. 낮게 평가하면 의욕이 저하되기 때문이다. 조금은 자아도취에 빠져도 괜찮다. 그럴수록 꿈을 향해 달릴 기운이 생기는 것이다.

이것이 바로 자신이 주인공인 이야기를 쓴다는 것이며, 이는 자신이 하고 싶은 일을 발견하기 위한 중요한 요소다.

041 현실적으로 실현할 수 있는 것은 꿈의 일부에 불과하지만 그래도 괜찮다

꿈에는 항상 모델이 있다.

예를 들어 도스토예프스키와 같은 소설을 쓰고 싶다거나 도스토예프스키처럼 되고 싶다는 목표를 설정한다. 와시다 고야타(鷲

田小彌太)의 얼굴을 한 내가 도스토예프스키의 창작력을 가졌다고 생각한다.

이처럼 자신의 미래의 모습을 모델로 형상화한다. 단지 이상이며 희망일 뿐이지만 그런 꿈이 없다면 인간은 새로운 것을 생각하지 못한다. 자신의 가능성을 끌어낼 수 없다.

그러나 그것은 어디까지나 꿈에 불과하다. 그림의 떡이다. 아무리 내가 도스토예프스키가 되고 싶다 해도 불가능한 일이다.

그러나 꿈을 안고 꿈의 일부라도 달성한다면 도스토예프스키는 아니지만 도스토예프스키처럼 소설가가 될 수 있을지 모른다. 꿈을 향해 자신이 정한 모델처럼 되려고 노력하는 일은 매우 중요하다.

자신이 정한 모델처럼 변신하고 싶은 욕망이 없다면 꿈은 꿈으로 끝나고 만다. 그러나 지금 내가 실현할 수 있는 부분은 극히 일부이며 완벽한 모델로 변모할 수는 없지만 한 걸음씩 발전하면서 천천히 현실로 만드는 것이다.

나는 나이 60이 되어 내 과거를 뒤돌아보면 예전에 품었던 꿈의 일부가 현실이 되어있다는 것을 알 수 있다. 즉 예전의 꿈은 더 이상 꿈이 아닌 것이다. 비록 이상적이지는 않지만 앞으로도 지금처럼만 살아간다면 언젠가는 내가 바라는 모습을 이룰 수 있으리라 확신한다.

배운다는 것은 한 사람을 모델로 설정해 속속들이 모방한다는 것이다. '학습=모방'이며 '모델=교사'이다. 모델과 배우는 자세가 바르지 못할 경우, 중도에 포기하게 된다.

'모델'이 반드시 학교의 선생님일 필요는 없다. 일반적으로 처음 모델이 되는 사람은 어머니, 아버지다. 또는 TV나 만화, 소설 등에 나오는 등장인물이 모델이 되는 경우도 있다.

구체적인 주변 인물이 모델인 경우에도 우리는 그 대상을 이상적으로 과대 포장하게 된다. 또한 '이상(ideal)'이란 아이디어(idea-사고, 관념)에서 파생된 말로 이상화한다는 것은 관념화한다는 뜻도 된다.

즉 잘못된 이상화는 관념만을 키워 가분수로 만든다. 다시 말해 모델을 과도하게 이상화시키면 공상인물과 같은 현실감 없는 모델이 탄생한다. 그런 모델을 대상으로는 아무것도 배울 수 없다.

여러분이 부모로부터 독립한 것은 언제인가?

책을 읽는다는 것은 의도적으로 그런 것은 아니지만 현실 세계로부터 벗어날 수 있는 수단이 된다. 눈앞에 있는 현실 속 모델에서 관념적 모델로 전환하는 수단이 되는 것이다.

나는 아버지와 어머니, 또는 가족의 영향권에서 벗어나기 위해 책을 읽었다. 픽션을 읽으며 가족이라는 틀에서 벗어나 책의 세계로 몸을 던졌다.

또 학교 선생님으로부터 벗어나고 싶어 책을 읽었다. 다분히 의도적이었는데, 저런 선생님에게는 배워도 소용없다, 도움이 안 된다는 생각이 들었기 때문이다.

나는 내가 자란 폐쇄적인 시골과는 다른 세상을 동경하며 《아동세계연람》을 닳도록 읽었다. 세계각지의 정세와 기후 특산물을 머릿속에 저장시킨 시기였다.

044 불륜소설을 읽어서 불륜을 저질렀다는 단순한 사람은 주의요망!

책은 '언어'로 형성된 관념물이다. 그 중에서도 소설은 허구로 만들어졌지만 실은 현실에 있는 이야기들이다. 현실에 존재하지만 일어나지 않으므로 소설이 재미있게 느껴지는 것이다.

그런데 관념적이면서도 현실적인 소설은 엄연히 우리가 살고 있는 현실과는 전혀 다른 세상을 나타낸다. 따라서 매춘소설을 읽은 여성이 매춘부가 된다거나 불륜소설을 읽은 사람이 불륜을 저지르고 싶은 충동에 휩싸인다면 그것이 이상한 것이다. 소설을 읽는 사람은 그저 평범한 사람일 뿐이다.

우리가 소설을 읽는 이유는 자신이 경험하지 못한 세계가 담겨 있기 때문이다. 일상생활에서 일어나기 힘든 일을 가상 체험하는 것이다. 불륜소설을 읽고 불륜을 저질렀다는 사람은 '가상'과 '현실'을 연결시키는 단순한 사고의 소유자 또는 망상병에 걸린 사람일 것이다.

045 도스토예프스키의 세계는 내 세계와는 다르지만 공감대가 형성된다

또 우리는 책 속에서 삶의 방향을 찾고자 책을 읽는다.

내가 도스토예프스키를 처음 접한 것은 1960년대였는데, 그 때는 그의 책을 읽지 않으면 지식인이 아니라는 분위기가 팽배했기 때문에 읽었는데, 막상 읽어보니 매우 친숙한 느낌이 들었다. 처음에는 괴상한 관념을 지닌 사람이 등장하는 이해 못할 내용이라고 생각했다.

그러나 점점 현실과 동떨어진 이야기지만 왠지 모를 연결고리가 있다는 느낌이 들었다. 현실과는 거리가 멀지만 인류의 공통된 고민이 담겨있고 표현방법은 다르지만 세상과 연결되는 통로가 있었다.

후에 알게 된 사실이지만 도스토예프스키의 문장은 군더더기 없는 간결한 문체였다. 내가 읽은 번역본에 문제가 있어 이상하게 느껴진 것이다.

내가 처음 되고 싶다고 생각한 것은 꿈 안에 있다. 마찬가지로 내가 만나고 싶은 이상형도 처음에는 꿈속에서 만난다. 여기서 말하는 꿈이란 수면 중에 꾸는 진짜 꿈일 수도 있고 막연하게 그리는 꿈일 수도 있다.

예를 들어 처음 만났는데도 전혀 낯설게 느껴지지 않을 때가 있다. 이를 기시감(旣視感 실제로는 체험한 일이 없는 현재의 상황을 전에 체험한 것처럼 똑똑히 느끼는 현상)이라 하는데 언젠가 꿈에서 본인이 그려본 사람이기 때문에 그런 느낌이 드는 것이다. 단순한 육감이 아니다. 이런 사람이었으면 좋겠다, 이런 사람과 만나고 싶다고 생각한 사람과 실제로 대면하게 되면 날아갈 듯한 기분을 느낄 수 있다.

젊을 때는 꿈을 꿔야한다. 그러나 요즘 젊은이들은 꿈을 꾸기가 힘들어진 것이 아닌가 하는 생각이 든다. 현실이 너무나 다양해지고 현실 속에 너무 많은 모델들이 있기 때문에 꿈속에서 그려보거나 가공할 필요가 없어졌다.

현실 세계에도 게임 등 가상현실이 넘쳐나기 때문에 관념만이 팽배한 카오스(혼란) 상태에 늘 빠져있다. 또한 혼란한 관념을 찬찬히 생각하고 정리할 필요도 없다.

그래서 젊은이들에게는 지금 사회가 재미있게 느껴질지 몰라도 진정한 의미의 꿈을 꾸지 못한다는 것은 실로 불행한 일이다.

047 대학에 가거나 책을 읽는 것이 당연시된 오늘날, 더 이상 배움에 강요가 없다

지금은 공부를 하든 안 하든 간에 누구나 대학에 갈 수 있는 시대가 되었다. 그 누구도 대학에 다니는 것을 행운이라 여기지 않는다. 할 수 없이 다닌다는 사람도 있다.

1960년대 이전까지만 해도 대학에서 공부를 한다는 것 자체가 행운이자 특권이었다. 따라서 자신에게 보내지는 주변의 기대와 구속력에 보답해야 한다는 생각이 강했다. 조금 과장되게 말하면 가족과 고향의 기대에 부응해야 한다는 사명감이 있었다.

지금은 그런 외적인 구속력이 없다. 배워도 배우지 않아도 자유로우므로 배우려는 의지는 본인에게 달려있다. 그런데 인간은 스스로 자신을 구속하기 힘든 동물이다.

셀 수 없이 많은 책들이 쏟아져 나오는 오늘날 일, 공부, 요리, 여행 등 '강제성' 없이도 얼마든지 책을 읽게 되었다.

048 책을 읽는다는 것은 꿈속에서 자신의 모델을 발견하는 것과 같다

《레 미제라블(Les Miserables)》을 읽어보면 정말 재미있다는 것을 알 수 있다. 그런데 읽기 전에는 저렇게 두꺼운 책을 꼭 읽을 필요가 있을까하는 의문이 들기도 했다.

하지만 중요한 것은 책을 읽게 되는 계기다. 막상 읽기 시작하면 끝나는 것이 아쉬울 정도로 집중하게 된다. 톨스토이의《부활》도 그렇다. 끝 부분에 다가갈수록 끝나지 말라는 기도를 하고 싶을 정도로 푹 빠지게 된다. 《레 미제라블(Les Miserables)》도 프랑스혁명에 관한 지루한 이야기가 반 이상을 차지한다. 오히려 그래서 장발장이 나오면 힘찬 박수를 보내게 되는 것이다.

나는 책을 많이 읽는 편이라 그런지 몰라도 나와 궁합이 잘 맞는 작가를 금세 알아낼 수 있다. 좋아하는 작가의 생각은 적극적으로 흡수하려는 마음자세가 있어서 인지도 모르겠다.

책을 읽는다는 것과 꿈을 꾸는 것은 모델이 될 만한 대상을 찾는다는 점에서 매우 비슷한 작업이다. 내 속에서 기시감을 감지하는 것이다.

049 아무리 짧은 인생이라도 기승전결은 있다

하고 싶은 것은 모두 내 안에 있다는 것이 이번 장의 주제다. 그런데 대부분의 사람들은 아직 경험도 적고 짧은 인생을 걸어왔을 뿐이므로 더 많은 체험을 한 후에 하고 싶은 일을 결정하겠다고 생각한다. 대학에 들어가 공부를 하고 여행지에서 새로운 친구들을 만나다 보면 자연스럽게 알 수 있게 되리라 착각하는 건 아닌지 모르겠다.

그렇게 한다고 발견되지는 않는다. 지금 이 순간 인생이 끝난다면 제3자 눈에는 그 사람의 '완결'된 인생의 모습이 보인다. 본인이 생각하기에는 아직 '끝'이 아니라 생각하겠지만 다른 사람 눈으로는 완성된 삶이 보이는 것이다.

이상한 이야기이지만 사실이 그렇다. 20대에 요절을 해도 인생에 기승전결이 있다. '있다'기 보다는 다른 사람이 볼 수 있다.

누구에게나 인생의 끝은 강렬한 느낌으로 다가온다. 예를 들어 당신이 지금 몇 살이든 간에 지금 인생이 끝난다고 상상해 보라.

가령 당신 인생이 스무 살로 끝난다 해도 나름대로 완성된 인생을 산 것이다. 이렇게 말하는 것은 당신의 과거 속에는 현재의 원형이 있기 때문이다.

당신이 꾼 꿈들의 조각들을 하나하나 맞추다 보면 '현재'를 비추는 거울이 완성된다. 현재의 시점에서 냉정하게 바라보면 알 수 있다.

스무 살이 되면 자신의 과거를 되돌아볼 필요가 있다. 그런데 단순히 젊다는 이유만으로 사람들은 그런 과정을 무시한다. 자신은 아직 아무 것도 한 게 없다고 생각하는 것이다.

'과거'를 바라보라는 것이 '지금까지의 인생' (과거)을 소중히 여겨야한다는 뜻은 아니다. '과거'는 없어도 된다고 생각해도 된다. 그러나 잊어도 될 과거, 사라져도 될 과거는 과거를 되돌아봤을 때 지워진다.

스무 살이 되면 스무 살의 감각으로 자신을 되돌아보자. 자신이 발견한 과거의 모습은 스무 살의 감각으로 선택한 것이므로 그것은 단순한 과거가 아니라 현재와 연결된 모습이다. 스무 살인 내 안에 살아 숨쉬는 과거를 발견한 것이다.

스무 살의 자신은 과거에 의해 만들어진 것이다. 인간은 과거를 생각할 때도 현재의 시점에서 생각하므로 과거는 '현재의 기억'에 불과하다. 현재의 내가 기억에서 꺼내고 싶은 것만을 끄집어낸 것이므로 내 과거는 현재의 사고력으로 좌우된다.

052 픽션만이 과거를 리얼하게 재현한다

역사소설은 역사를 극단적으로 변형한 것으로 전기소설은 아니지만 픽션이라고 할 수 있다. 만일 역사를 사실 그대로 썼다면 소설이 될 수 없을 것이다. 즉 '현재의 기억'을 통한 픽션이다.

역사소설만이 아니다. 학술적인 역사서적에 사실만을 담았다 해도 그 '과거'는 현재에 존재하는 역사가의 '눈'으로 본 과거다. 게다가 본래 역사 서적이란 누군가의 손을 거쳐 탄생된 '글', 즉 픽션이다.

가이코 다케시(開高健)가 《귀 이야기(耳の物語)》라는 상하 2권의 자서전을 썼다(현재 제목은 《찢어진 누에고치(破れた繭)》《밤과 아지랭이(夜と陽炎)》). 이 책은 '성공'한 자신을 그리지 않고 무너진 청춘시절을 하나씩 회상하는 형식으로 썼다. 무너진 잔혹한 자신이야말로 진정한 '자신'이라는 것이다. 프로이드 식으로 말하면 무의식 속에 남아있는 자신이야말로 자신의 '원형'인 것이다. 픽션만이 과거를 리얼하게 재현할 수 있다.

053 '과거'란 촉감과 기시감(既視感)이 있는 '인생'

내가 하고 싶은 것은 아무리 나이가 어리다 해도 스무 살이라면 스무 살 인생 안에 있다. 내가 되고 싶은 '모델'을 기억 속에서 끼워 맞춘 후 확인해 보자. 미래를 꿈꾸기보다 과거를 꿈꾸는 편이 자신을 발견할 수 있는 지름길이므로 과거를 살펴보자.

그렇다고 그 안에 자신의 모든 것이 있다는 뜻은 아니다. 그러나 과거는 지금까지 경험한 모습이자 현재의 모습이다. 촉감과 기시감이 있는 인생이다. 그리고 그곳에서만 우리의 인생을 시작할 수 있다.

스물다섯에 인생이 끝나면 아무리 슬퍼도 스물다섯이 인생의 전부가 된다. 그 완결된 인생을 죽은 사람은 모르지만 주변 사람은 알 수 있다. '예술은 길고 인생은 짧다'고 하는데 '예술'이란 '발견된 인생'을 말한다.

　민속학자인 야나기다 구니오(柳田國男)가 만일 44세에 죽었다면 민속학자가 아닌 관료와 농정학자로서 죽은 것이 된다. 예전에는 시도 썼고 시조도 읊었지만 그것을 제외하면 그는 제국대학 법학과에서 농업정치학을 전공하고 농상무성(農商務省)에 들어가 농업정치 분야를 걸으며 일본 산업에서 농업을 어떻게 자리매김해야 농업발전과 농민의 행복에 이바지할 수 있는지를 고민하다가 끝내 좌절한 인물로 기억되었을 것이다.

　만일 야나기다 구니오(柳田國男)가 44세에 죽어 민속학자가 되지 않았더라도 그의 인생은 훌륭하게 완성되었다. 일본의 농업정치학을 세계적인 수준으로 끌어올린 공적은 사라지지 않는다.

　다자이 오사무(太宰治)의 인생도 짧았다. 불과 39살에 운명했다. 자살이라고 하지만 그것은 사고였다. 미시마 유키오(三島由起夫)도 45세 때 할복자살을 했지만 그의 인생은 훌륭했다. 나쯔메 소세키(夏目漱石)는 49세에 사망했다. 모리 오가이(森鷗外)는 장수했다고 하지만 그래봤자 60세였다. 나는 벌써 그 나이를 지났다.

앞서 열거한 사람들은 하고 싶은 일이 많았고 그 뜻을 반도 이루지 못했는데 생을 마감했다는 의미에서 미완성된 인생이라고 할 수 있을지도 모른다. 그러나 우리는 그들의 인생에서 완결된 모습을 찾을 수 있다. 그들이 꿈꾸었지만 실현되지 않았다고 생각한 것들이 실은 과거 안에 있다.

우리도 모라토리엄시기를 포함하여 취직 후 지금까지의 삶을 어떻게 살았으며 어떠한 평가를 내릴 수 있는지 점검해 볼 필요가 있다.

나는 다양한 주제의 글을 쓰지만 결국 과거에 습득한 지식과 체험을 점검하는 작업을 반복할 뿐이다.

자신의 역사란 실로 감동적인 것이다. 자신의 역사에 대한 확실한 고찰 없이는 인생과 사회에 대해 논할 수 없다. 소설가가 존경받는 이유는 그런 연유에서다.

056 어떤 '이야기'든지 쓸 수 있는 사람이 소설가, 꿈꾸는 사람이다

소설가는 절대로 지금의 모습에 만족하는 합리화를 하지 않는다. 독자들도 또한 소설가 본인을 치켜세운 '작품'을 읽고 싶지 않을 것이다.

결국 소설이란 사적인 소설 외에는 존재할 수 없다고 말하는

사람이 있는데 나도 전적으로 그 말에 동의한다. 역사소설이든 다큐멘터리든 논픽션이든 간에 작가(author) 한 사람이 등장인물 (actors)의 모든 것을 연기해야 한다. '이야기'란 처음부터 존재하는 것이 아닌 작가가 쓴 결과물이다. '이야기'(story)를 '역사' (history), 또는 '과거의 이야기'로 바꿔 생각해도 본질적인 차이는 없다.

소설가란 어떠한 이야기든지 쓸 수 있는 능력이 있어야 한다. 또한 작가 본인의 '과거'를 완전히 부정할 수도 있다. 소설가의 시각을 갖추는 것이 중요하다.

057 진짜 하고 싶은 일이 무엇인지를 망각하고 있지는 않은가

내 인생에서 진정으로 하고 싶은 일은 무엇인가? 이 중요한 질문을 잊고 살기 쉽다. 아니, 오히려 잊으려고 한다.

내 여동생 남편은 포목점을 한다. 그는 첫 딸이 초등학생이 되기 전까지는 삿포로남고등학교(札幌南高校)에 진학시켜 동경대에 보내 의사로 만들 것이라 했다. 그러나 정작 그는 딸을 그렇게 만들려고 노력하지 않았고 딸도 전혀 다른 길을 택했다. 진정으로 그것을 바랬다면 조금이라도 노력을 해야 했다는 게 내 생각이다.

지금까지 무언가가 되고 싶다는 생각을 한 번도 못 해 본 내 자신이 한심하게 느껴질 때가 많다. 그러나 나에게는 이 사람에게만큼은 지고 싶지 않다는 욕심은 있었다.

철학을 공부했기 때문인지도 모른다. 철학이란 '이렇다' 하는 특정 대상이 없다. 철학은 한 가지 일에 집착하지 않고, 무슨 일이든 유연하게 생각하는 사고방식을 요구한다.

058 방치해 두었던 좋아하는 것들을 재발견하자

좋아하는 것에 대한 집착은 스스로 '이렇다'고 규정하는 자기규정이다. 이처럼 과거에는 좋아했는데 어느새 포기해 버린 것들을 다시 떠올려보자. 이는 매우 중요한 작업이다.

흥미롭게도 이런 사람이 멋있고 이런 사람과 만나고 싶다, 이런 사람이 되고 싶다 등 과거에 그려온 이상형과 처음 만났는데 평소 자신이 호감을 느끼던 사람과 매우 닮았다고 느끼는 기시감을 경험할 때가 있다. 이런 기시감을 통해 자신이 예전에는 좋아했지만 방치해 뒀던 좋아하는 것들을 재발견할 수 있다.

한편, 야나기다 구니오(柳田國男)는 기시감은 각 개인마다 느끼는 게 아니라 민족마다 공통된 느낌이라고 주장한다. 즉 기시감이란 오랜 일본 민족의 혈통 속에서 형성된 것이라고 말한다.

기시감이 민족 공통의 전습(傳習)이라는 것은 조금 과장된 말이다. 그러나 일본 사람이 주로 호감을 느끼는 사람에게 나도 똑같이 호감을 느낄 때는 어떠한 신기하다는 느낌이 들지 않는가?

청개구리처럼 다른 사람과 같은 것을 싫어하는 사람도 있지만 진짜 싫어한다면 사회에서 살아갈 수가 없다. 아무리 달라 보여도 비슷한 생활방식, 사고방식을 하고 있기 때문에 우리는 편하게 살 수 있다. 차이가 있어도 근소한 차이가 있을 뿐이며, 바로 그 차이가 사람마다 다른 개성이다.

분명 일본인은 서로 비슷하다. 그러나 아무리 비슷해도 서로 똑같아 지려면 많은 노력이 필요하다. 점점 사회와 타인에 대해 무관심해지고 있지만 그것도 극히 일부분에 지나지 않는다. 자신이 되고 싶은 것을 종이에 적어 붙여보자. 기시감을 느낄 수 있기를 바란다.

060 인간은 '이렇게 하고 싶다'와 '이렇게 해야 한다'를 혼동하는 습성이 있다

종종 인간은 '이렇게 하고 싶다'와 '이렇게 해야 한다'를 혼동

한다. '해야 한다'란 모델(이상형)을 설정하고 꼭 그렇게 되어야 한다고 생각하는 것이다. 당연히 이상형이므로 현실과는 거리가 멀며 관념적이다.

또한 인간은 '해야 한다'를 이상으로 생각하기도 한다. 그래서 '이렇게 하고 싶다'가 '해야 한다'로 변질된다. 즉 바람이 이상으로 변하는 것이다.

예를 들어 '작가가 되고 싶다'가 '작가가 되어야 한다'로 변질한다. 실제로 작가가 된다면 문제가 없지만 작가가 되지 못한다면 사람이 아니다, 내가 아니다, 나는 끝이다라고 생각해버린다. '해야 한다'에 집착한 나머지 작가가 되어야 한다는 생각에 언제까지나 끌려 다니게 된다.

작가가 된다는 것이 불가능한 일은 아니다. 그러나 '하고 싶다'를 '해야 한다'로 변질시키면 '하지 못하는 것을 하려는 것'이 된다.

'해야 한다'는 이상을 향해 매진하는 것이며 이상에 조금이라도 가까워진다면 좋은 것이 아니냐고 말하는 사람도 있다. 그러나 '해야 한다'는 그렇게 되지 않으면 실패한다는 뜻이다. 즉 자신의 이상과 일치하지 않으면 실패한 것이므로 일단은 실패한 것이 된다.

'해야 한다' 에 집착하면 안 된다는 것이 '이상' 을 만들지 말라는 뜻은 아니다. 이상은 실현해야할 목표가 아니다.

'해야 한다' 가 이상이라면 '집착' 은 더욱 구체화된 것이다. '집착' 이란 자신이 그렇다고 규정한 것이다. 다른 사람이 뭐라고 하든 나는 그렇다고 고집하는 것이기에 나뿐만 아니라 주변 사람도 힘들어진다. 달리 말하면 심리상태가 경직되어 있는 것이다. 그러나 때로는 경직된 상태도 필요하다.

'아무래도 상관없다' 가 아닌 '이것이 하고 싶다' '여기에 매달리고 싶다' 는 마음은 제대로 행동하기 위한 필수조건이다.

쓸데없는 데 집착하지만 않았어도 내 인생은 실패하지 않았을 거라 생각한 적이 있을 것이다. 그러나 자신이 진정으로 좋아서 한 일이라면 설사 실패했더라도 후회하지 않는 법이다.

반대로 진정으로 원하지도 않았는데 우연한 기회를 만나 엉겁결에 시작했으나 평생을 좌우할 만한 중요한 일이었다면 이미 후회해도 소용없다. 그러므로 인생의 분기점이 될 만한 선택은 철저하게 집착해 보는 것이 좋다.

집착한 것을 포기해야 할 때도 있다. 그러한 후회를 않도록 집착 없는 인생을 보내는 편이 낫지 않느냐고 하는 사람도 있지만 그렇지는 않다.

아무런 역경 없이 물 흐르듯 편한 인생을 보낸 사람은 그 순간에는 후회할 일이 없을지 모르지만 인생을 마감해야 할 때 자신의 과거를 회상하면 어떠한 고집도 집착도 없던 알맹이가 없는 인생에 대해 후회할지도 모른다.

그러므로 사람에게는 경직된 마음으로 꼭 해야 한다는 고집을 갖고 부딪혀보는 시기도 있어야 한다.

062 2년 안에 작가가 되지 못하면 자살한다는 집착

그런데 '집착'을 평생 안고 산다면 그것은 '해야 한다'에 가까워 질 것이다. '나는 반드시 작가가 되겠다'는 집착이 가와노 다에코(河野多惠子) 씨를 작가로 만들었다 한다.

'2년 후에 작가가 되지 못하면 자살한다'고 결심했다 한다. 그녀의 성격으로 봐서 진심이었을 것이다. 그리고 실제로 2년 후 당당한 작가가 되었다.

그러나 그녀는 2년 후에 작가가 되었기 때문에 후에 '되지 못하면 자살할 결심을 했다'고 말할 수 있었을 것이다. 자살 운운한 것은 본인의 결심이 그만큼 확고했다는 뜻이다. 그리고 작가가 되고 안 되고는 객관적인 자격시험이 있는 것이 아니기 때문에 자신이 만족하고 인정받았다고 생각하면 그 꿈은 달성한 것이다. 사법시험처럼 기한이 정해져 있는 게 아니다.

만일 그녀가 2년 안에 작가가 되지 못해 자살을 했다면 '작가가 되지 못했다는 이유로 자살한 병적인 작가지망생이 있었다'로 인생이 끝났을 것이다.

그녀의 '집착'은 곧 '해야 한다'였다. 그 결심대로라면 2년 후, 작가가 아닌 가와노 타에코(河野多惠子)는 존재하지 않았다.

그러한 집착은 권하고 싶지 않다.

063 이상을 모델로 삼으면 부정적인 평가밖에 못한다

이상을 모델로 삼으면 안 되는 이유는 이상을 잣대로 '현재의 자신'을 책정하는 것이므로 마이너스 평가만이 나오기 때문이다. 이상을 100이라 하면 그보다 열등한 지금의 나는 당연히 점수가 깎이게 된다.

예를 들어 '작가인 나'를 '해야 한다'의 모델로 삼아버리면 현재 작가가 아닌 지금의 나는 부족한 사람이 된다. 현재를 긍정하기보다는 자신을 부정적으로 낮게 평가하게 된다. 이상과의 괴리를 마이너스로 평가하는 감점법(減點法)인 것이다.

실은 대부분의 학교 시험이 이와 같은 마이너스 감점법을 사용하고 있다. 100점 만점에서 감점하는 방식이다.

반대로 애초에 만점이란 없고 플러스 평가만을 하는 가산법(加算法)도 있다. 교육적으로 어느 쪽이 더 효과적인가는 간단하게 판단할 수 없다.

그러나 사람을 판단할 경우에도 자신을 판단할 경우에도 무엇이 최상인지는 각 개인마다 '이것이다'라고 생각하는 것을 기준으로 삼아야 한다. 마이너스로 평가하다보면 상대를 부정하게 된다. 그러나 플러스로 평가하는 것이 쉬운 듯하지만 결코 그렇지 않다.

064 모델이 지닌 긍정적인 부분에 의도적으로 빛을 비추자

'모델'을 설정하는 것이 잘못되었다는 뜻은 아니다. 단 '해야 한다'를 모델로 설정하는 것은 이상을 상정하는 것이므로 현재의 자신을 부정적으로 판단하기 쉽다는 말을 하고 싶었다.

반대로 내가 권장하는 방법은 '해야 한다'가 아닌 '이렇게 되고 싶다'고 생각되는 모델을 현실에 있는 사람으로 상정하라는 것이다. '해야 한다'가 되면 추상적이 되기 쉽다.

실존한 사람이 모델이라면 그 사람은 완성체(完成體)가 될 수 없다. 현재에 살고 있든 과거에 살았던 인물이든 아무리 뛰어난 사람이라 해도 결점 없는 사람은 없다. 만일 역사적인 인물 중 완벽한 사람으로 그려진 위인이 있다면 그는 과도하게 이상화한 허상일 것이다. 그런 이상화된 인물을 모델로 하면 추상적인 모습이 된다.

바람직한 모델은 장점도 단점도 가지고 있는 현실적인 인물상이다. 그 인물이 가까이에 있으면 더욱 좋다. 그러나 그렇게 되면 단점이 보이게 될 것이므로 의도적으로 모델이 지닌 긍정적인 부분에만 빛을 비출 필요가 있다.

선생님이나 모델에도 다양한 결점은 있지만 사람은 다 그렇다고 생각하고 너그럽게 넘기자. 그러나 상상으로 만든 이상이라면 단점은 용납되지 않을 것이다.

모델을 모방한다는 것은 이러한 과정을 가리킨다. 제2차 세계대전 이후의 교육에서 결여된 부분은 모델이 없다는 것이 아니라 모델을 황홀한 인물로 과대포장한 점이 아닐까 싶다.

065 부모가 아이를 교육하는 것은 어려운 작업이다. 그래서 학교가 있다

교육에서 가장 중요한 것은 아이의 결점을 들춰내지 않는 것이다. 아이의 장점, 발전시키면 좋은 점들을 발견해야 한다.

그런데 부모가 되면 부모 자식 간에는 교사와 학생의 관계만큼의 '여유'가 없다. 내 아이의 장점을 알면서도 단점에만 눈이 가게 된다.

그래서 자녀에게 '공부도 안하고 매일 뒹굴기만 하면 어떡해'라며 잔소리를 하는 부모들이 생긴다. 예전에는 잔소리하는 부모에게 아이는 함부로 대들 수 없었다. 그런데 지금 아이들은 가만히 있지 않고 대항하며 부모의 단점을 지적한다. '아버지는 돈도 잘 못 벌고 늘 TV앞에서 술만 드시면서 나는 왜 그러면 안 되는데?'

요즘 아이들은 부모에게 말대꾸를 하는데 설사 그것이 사실이더라도 절대로 아이가 부모에게 해서는 안 될 짓이다.

어찌되었든 부모가 자녀의 교육에 간섭해서 성공한 예는 찾아보기가 힘들다.

글을 쓸 때 나의 큰 장점은 출판사가 요구하는 내용의 60%~70% 수준 정도는 기한 내에 맞춰줄 수 있다는 것이다. 그래서 납기가 빠듯해 일반적으로 맞추기 힘든 일들이 자주 온다.

반면에 시간적 여유가 있는 중요한 일들은 그다지 많지 않은 편이다. 그러므로 중요한 일은 주문이 있건 없건 간에 스스로 일을 만들어야한다. 왜 나에게는 좋은 일이 주어지지 않을까하며 불만을 품고 있다면 좋은 작가가 될 수 없다. 좋은 일은 스스로 만들면 된다.

067 어떠한 요구라도 거절하지 않는다. 그것을 일의 1순위로 삼자

지금 내가 하고 있는 일은 정보전달 수단이 발달하지 않았다면 불가능했으리라 생각한다. 나는 가급적이면 의뢰를 거절하지 않는다는 것을 모토로 지금까지 지내왔다. 그런데 복사기, 팩스, 이메일 등 컴퓨터와 관련된 정보전달 수단이 없었다면 신속/정확/대량의 결과물을 동경(東京)에 발송할 수 없었을 것이다.

지금까지의 의뢰 중에 내가 '이거다' 싶을 정도로 진정으로 하고 싶었던 일은 한 번도 없었다. '이거다'라고 생각되는 것은 긴 시간에 걸쳐 '발견'하고 '발효'시켜 양조해서 만들어내야 한다.

의뢰가 넘쳐나 납기를 맞추는 것도 벅차다고 해서 '이거다'라고 생각되는 일을 소홀히 해서는 안 된다. 눈앞의 일에 급급해 하지 말고 '이거다'라고 생각한 것을 발견하고 발효시키는 '여유'를 일하는 기본바탕에 깔아두지 않으면 자신이 하고 싶은 일은 영원히 오지 않게 된다.

068 '하고 싶은 일'이 '모두가 하는 일'과 '안정적인 일'이 되어서는 안 된다

그렇다면 도대체 나는 '무엇이 하고 싶나', '무엇을 할 수 있나'라는 생각이 들겠지만 그에 대한 해답은 어느 날 갑자기 나오는 게 아니다.

'하고 싶은 일'이란 사람에 따라 다르며 방식도 다르다. '하고 싶은 일'이 전혀 엉뚱한 것이라면 몰라도 '하고 싶은 일이' 다른 사람과 비슷한 것이라면 문제가 있다. '하고 싶은 일'을 아직 발견하지 못했다는 반증이기 때문이다.

학생에게 무엇이 되고 싶은지 물으면 '공무원이 되고 싶다'고 대답하는 사람이 있다. 이유를 물으면 '안정적이기 때문'이라고 한다. 이는 하고 싶은 일이 아니다. 지금은 공무원이 안정적이며 모두가 선호하는 직업이기 때문에 그런 사회 분위기에 휩쓸려 공무원이 되고 싶을 뿐이다.

공무원이라 해도 소방관, 경찰관, 교사, 고위 공무원, 일반 사무직까지 다양하다. 게다가 안정적이라고 생각할지 모르지만 앞으로 대대적인 감원이 예상되므로 전혀 그렇지 못하다.

'하고 싶은 일'은 처음에는 재미없어 보이다가 자신의 역량을 발휘하게 되면서부터 하고 싶은 일이라는 것을 깨닫게 된다. 그리고 그 일을 통해 생활이 충만해져 행복을 느낀다.

'이것이 하고 싶다'고 느끼는 것은 본인에게 능력이 있고 주어진 일을 완벽하게 완수할 수 있게 되었기 때문이다. '하고 싶은 일'은 출발이 아닌 '성과' 안에 있다.

공부나 일도 어느 정도 해본 후에야 '하고 싶다'는 것도 '왜 하고 싶은지'도 알게 된다.

그렇지만 막연하게라도 '하고 싶은 것'을 알아야 그것을 시작할 수 있다. 인간은 자신을 설득하는 동물이기 때문이다.

결혼도 마찬가지다. 남이 보기에 아무리 완벽한 결혼이더라도 자신이 용납할 수 없는 결혼이라면 아무리 주위에서 강요를 하더라도 성사되지 않는다. 비록 선택하기가 힘들더라도 스스로 납득할 수 있는 선택을 하는 것 외에는 방법이 없다.

'하고 싶은 것'이 있다고 해서 꼭 그것을 할 수 있는 것도 아니다. 그러나 하고 싶으니까 노력할 수는 있다. 자신이 납득하고 책임지고 싶기 때문에 시작한 일이기 때문이다.

자신이 하고 싶은 일을 끝까지 관철하기는 어렵다. 만일 하고 싶은 것을 스스로 정하고 그것을 이룰 수만 있다면 그보다 행복할 수는 없겠지만 그런 일은 극히 드물다. '하고 싶다'는 마음이 강하면 강할수록 '하고 싶은 것'을 할 수 있게 되는 과정에서 장애가 발생하기 때문이다.

'하고 싶은 것'을 하는 데 큰 장애가 없었다고 말하는 사람도 있다. 예를 들어 이발소를 개점하는 데는 큰 장애가 따르지 않는다. 미용학교를 나와 국가시험에 합격하면 된다. 아버지가 이발소를 운영해서 그 뒤를 이었다면 더욱 간단해 진다. '하고 싶은 것'이 가까이에 있고 구체적이기 때문이다. 노력을 하면 달성 가능하다.

그러나 대부분의 젊은이들이 '하고 싶은 것'은 막연한 것이어서 쉽게 이루지 못한다. 꿈이 클수록 장벽도 높다는 것을 명심해야 한다.

071 자신이 '하고 싶은 것'을 선택해도 반드시 행복해진다는 보장은 없다

이발소를 하겠다는 결심을 했더라도 자신의 과거를 재점검하고 진정으로 하고 싶은 일이 이발소인지를 다시 한 번 확인해 봐야 한다. 이발소를 하려면 자격증을 따는 것만으로도 최소 3년에서 4년이 소요된다. 가위를 잡기까지는 더 많은 시간이 걸린다. 나름대로 고충이 따른다. 게다가 아버지의 뒤를 이으려면 아버지의 감시 안에서 기술을 배워야 한다. 아버지가 '선생님'이 될 경우는 아버지에게도 아들에게도 힘든 일이다.

하고 싶은 일을 해서 영원히 행복하다는 사람은 극히 일부에 불과하다. 과연 야구선수는 행복할까? 야구가 재미있다고 생각할까?

야구가 너무나 좋아서 야구선수가 되고 싶어서 선수가 되었다 해도 재미있다고 느끼는 건 잠시뿐, 어떻게 하면 재미있게 야구를 할지 어떻게 하면 잘할 수 있을지 만을 생각하게 된다. 게다가 야구로 성공한 사람은 극히 드물다. 야구를 선택해 평생 야구를 증오하며 살아가는 사람도 있다.

072 절대로 단념할 수 없는 '하고 싶은 일'을 찾자

가장 힘든 일이 '하고 싶은 일'을 하는 것이다. 그것을 달성하기는 더욱 힘들다. 그러나 쉽지 않으므로 하고 싶은 욕구가 생기

기도 한다. 무엇과도 바꿀 수 없는 일을 한다는 특별한 애정이 그 곳에는 있기 때문이다.

'하고 싶은 것'은 어려우니까 포기하라는 말을 하려는 게 아니다. 단념할 수 없는 '하고 싶은 일'을 찾으라는 것이다.

예를 들어 자신의 아이가 엉뚱한 일을 벌인다고 하자. 아무리 화가 나도 부모이기 때문에 어쩔 수 없이 대신 책임을 질 수밖에 없다. 그 사실은 바꿀 수 없는 것이다. 15년에서 20년 간 자식 때문에 웃고 울 수 있었다. 따라서 법률적인 책임의무 여부를 떠나 부모는 자식을 포기할 수 없다.

'하고 싶은 것'이란 부모가 자식을 바꿀 수 없듯이 대체 불가능한 것이어야 한다.

073 얼굴을 미래로 향하게 하고 뒤를 돌아보자. 자신의 '과거' 속에 들어가자

'역사란 미래를 향해 과거를 되돌아보는 것이다'라고 말한 사람이 있다. 과거로 얼굴을 돌리는 것이 아니라 미래를 향해 과거에 들어가는 것이다. 즉 시선은 현재에 있고 미래로 향한다. 과거 속에서 현재와 미래를 발견하려는 행위가 역사의 발견이다.

개인의 경우도 마찬가지다. 어디까지나 시선은 현재와 미래에

두면서 과거의 자신, 내 안에 축적된 것을 끄집어 내야한다. 따라서 넓은 세계로 나가 다양한 것을 배우고, 경험하길 바란다. 잠깐 맛만 보는 것이라도 열심히 하면 된다. 그러한 경험이 과거의 축적이 되고 미래의 연결다리가 된다.

그런 의미에서도 나는 여러분에게 다양한 책을 읽도록 권하고 싶다. 세계를 넓힐 수 있기 때문이다.

나아가 자신의 체험과 생각 등을 글로 적어보길 바란다. 글로 쓰는 작업, 즉 생각을 표현하고 일정한 형식으로 기록해두지 않으면 그 체험은 무용지물이 된다. 즉 여행을 하고 그곳에서 느끼고 배운 것들을 글로 적어두지 않으면 훗날 그 여행은 재미있었다는 단순한 기억으로 끝나고 마는 것이다.

074 '과거'에 발견한 것이 미래의 추진력이 된다

대학시절 또는 모라토리엄 시기에는 책을 중심으로 경험을 넓혀가야 한다고 생각한다. 책에 씌어 있는 것도 '과거'의 축적이 된다. 자신이 '하고 싶은 것'은 모두 자신의 과거에 있다는 생각을 가지고 재점검해 볼 필요가 있다. 그것은 훗날 새롭게 앞으로 진보하는 원동력이 된다.

작가가 다른 사람들보다 뛰어난 부분이 있다고 하면 그것은 늘 자신의 과거와 싸운다는 점일 것이다. 역사와도 실랑이를 벌인다. 과거=역사를 매개로 하지 않은 소설과 환타지는 없다.

　자신이 하고 싶은 일을 발견하는 기술은 현실 속에 흩어져 있는 것들을 주워 담는 것 외에도 과거 특히 자신의 과거에서 배울 수 있다. '자아발견'의 시대는 끝났다는 말이 있지만 나는 지금부터가 시작이라고 생각한다.

나는 어떤 사람이며, 어떤 일을 하고 싶은지는 막연한 생각만으로는 발견할 수 없다.

3 자신이 하고 싶은 일을
발견하는 기술을 생각해보자

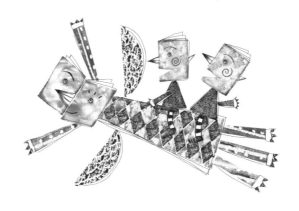

나는 어떤 사람이며, 어떤 일을 하고 싶은지는 막연한 생각만으로는 발견할 수 없다. 따라서 간략한 예제로 생각해 보자.

아래의 질문사항 중 주의해야 할 점은 당신이 '할 수 있는지 여부' 를 생각하지 말고 '하고 싶은지 여부' 에 중점을 둬야 한다는 것이다. 자신이 진심으로 하고 싶은 것을 발견할 수 있는 계기가 될 것이므로 신중하게 답변하기 바란다. 마치 입학시험이나 취직시험에 임하는 느낌으로 풀어보기 바란다.

우선 질문에 대한 답변을 하고 그 답의 이유를 40자 내외로 적어보자. 말로 하면 10초 정도 걸리는 짧은 분량이다.

Q 1. 당신은 과거지향적인가 미래지향적인가

[질문]

자신이 과거지향적인가 미래지향적인가, 아니면 둘 다 아닌 현재지향=찰나지향적인가. 자신의 성향에 대해 생각해 보자. 보기는 3종류다. 또한 그 이유를 적어 보자.

　a. 당신은 과거지향적인가

　b. 당신은 미래지향적인가

c. 당신은 '현재' = '찰나' 지향적인가

[해답 예]

1. 명치유신(明治維新) 때 일본인은 목숨을 걸고 일본의 독립을 위해 투쟁했다. 그러나 지금은 그러한 투지가 없다.

이유= 아무리 생각해도 현재 상황이 과거보다 나아진다고 여겨지지 않기 때문.

2. 지금 나에게 없는 새로운 능력을 계발하고자 준비하고 있다.

이유= 지금 보유한 능력으로는 보람을 느낄 만한 좋은 직업을 가질 수 없기 때문.

3. 과거를 돌아보는 것을 좋아하지 않는다. 지금 하고 싶은 일을 하는 것이 최상이라 생각한다.

이유=미래를 생각한다 해도 미래는 미래일 뿐이므로.

[해설]

1의 답변은 a의 과거지향, 2의 답변은 b의 미래지향, 3의 답변은 c의 '현재' = '찰나' 지향이다. 과거지향적이므로 나쁘고 미래지향적이므로 바람직하다는 것은 아니다. 어떠한 성향이더라도 긍정적인 사고는 가능하다.

Q 2. 대기업 지향인가, 벤처기업 지향인가

[질문]

보기는 2종류.

a. 대기업 지향

b. 벤처기업 지향

[해답 예]

1. 국제적인 경쟁력을 갖춘 기업에서 세계적으로 활약하고 싶다.

2. 위험은 따르지만 자신의 능력을 십분 발휘할 수 있는 곳에서 일하고 싶다.

[해설]

1은 a의 대기업 지향, 2는 b의 벤처기업 지향이다. 같은 대기업 지향이더라도 '안정적인 곳에서 일하고 싶다' 는 대답이 나왔다면 진부한 사고방식을 지녔다고 할 수 있다. 지금은 대기업도 언제 해고당할지 모르는 시대가 되었다. 적극적으로 일하고 싶은지 여부를 자신에게 물어보자.

Q 3. 육체파인가 두뇌파인가

[질문]

보기는 3종류.

　a. 육체파(앞으로는 3D직종이 유망해진다. 그곳에서 선두가 되고 싶다)

　b. 두뇌파(대체불가능한 창조력이 요구되는 일을 하고 싶다)

　c. 육체/두뇌파(이미 주요산업이 된 정보산업을 담당하는 사람은 머리와 육체를 겸비한 사람이다)

[해답 예]

　1. 신체를 사용해 땀 흘리며 일하고 싶다. 특히 앞으로는 지금까지 경계해온 3D업종이 각광을 받게 될 것이며 보람도 느낄 수 있다.

　2. 앞으로는 더욱 창조력을 요하게 될 것이다. 두뇌를 활용하고 싶다.

　3. 이제는 두뇌만으로 승리할 수 없다. 기동력 있고 두뇌를 빨리 회전시키기 위해서는 건강한 신체가 동반되어야 한다. 그러므로 실내에서만 작업하지 않고 외부에서 사람들과 접촉하며 일하고 싶다.

[해설]

　1은 a의 육체파, 2는 b의 두뇌파, 3은 c의 육체/두뇌파이다. 사람에게는 자신에게 잘 맞는 적성이 있으므로 자신에게 맞는 것이 무엇인지 잘 생각해 보자. 단, 앞으로 더 요구되는 것은 c타입일 것이다. 그래도 나는 두뇌를 사용하는 편이 좋다거나 신체를 움직이는 것은 좋으나 두뇌를 사용하는 것은 그다지 좋아하지 않다는 등 사람마다 다를 것이다. 어찌되었든 자신이 좋아하는 일을 발견하면 되는 것이다.

[질문]

보기는 3종류.

a. 국내파

b. 국제파

c. 자기파

[해답 예]

1. 일본의 제조부문의 기술력은 세계 최고이다. 그곳에서 일하고 싶다.

2. 국경 없는 시대가 도래했다. 국경을 넘어 일하고 싶다.

3. 내 역량을 발휘할 수 있는 곳이라면 어디든 상관없다.

[해설]

1은 a의 국내파, 2는 b의 국제파, 3은 c의 자기파다. 앞으로는 국제파를 지향하는 사람들이 많아지겠지만 모두가 해외를 지향한다고 해서 따라할 필요는 없다. 또한 그런 것은 아무래도 중요하지 않다. 내 능력을 발휘할 수 있는 곳이 가장 좋다는 자기파도 늘어날 것이다.

Q 5 영업지향적인가 공무원지향적인가

[질문]

보기는 3종류.

a. 영업지향

b. 영업/공무원 지향

c. 공무원지향

[해답 예]

1. 아무리 시대가 변해도 영업에서 인간관계는 빼놓을 수 없다. 사람을 상대하는 부서에서 자신의 표현력을 키우고 싶다.

2. 앞으로는 사람에게 봉사하는 서비스가 더욱 중요해 진다. 진정한 봉사정신이 필요한 분야는 공무원이다.

3. 공무원 감원 바람이 불고 있는 가운데 질 높은 공공 서비스가 요구되는 시대가 되었다. 지역주민에게 가장 필요한 것이 무

엇인지를 고안해 살기 좋은 지역조성에 도움을 주는 일을 하고
싶다.

4. 다른 사람에게 고개를 숙이는 것이 익숙지 않다. 그래서 기업 영업은 적성에 맞지 않고 공무원이라면 그다지 고개를 숙이지 않아도 되며 안정적이므로 공무원이 되고 싶다.

[해설]

1은 a의 영업지향, 2는 b의 영업/공무원 지향, 3,4는 c의 공무원 지향이다. 같은 공무원지향이어도 3과 4는 대조적이다. 3처럼 자신이 하고 싶은 일을 구체적으로 생각하는 것은 바람직하나 4와 같이 취약한 부분을 열거하거나 안정지향적으로 생각하는 것은 바람직하지 못하다.

Q 6 경쟁지향적인가, 평균지향적인가

[질문]

보기는 2종류.

a. 경쟁지향적(경쟁은 진보의 어머니다. 경쟁이 비생산적인 부문을 잘라 낸다)

b. 평균지향적(차별 없는 사회와 직장이 좋은 사회, 좋은 직장이다)

[해답 예]

1. 현대사회는 경쟁 사회다. 경쟁에서 살아남아야만 자신이 하고 싶은 일을 할 수 있다. 그러므로 능력을 더욱 발휘해 그에 상응한 보수를 받고 싶다. 능력이 없는 사람이 저임금에 만족해야 하는 것은 어쩔 수 없는 일이다.

2. 수입은 생활이 가능하고 자신이 하고 싶은 일을 할 수 있을 정도, 같은 연배의 평균 정도만 되면 만족한다. 능력에 따라 차별화하는 직장은 피하고 싶다. 차별 없는 사회와 직장이 생활하기도 일하기도 편하다.

[해설]

1은 a의 경쟁지향, 2는 b의 평균지향이다. 경쟁의식이 남다르며 다른 사람과 같은 것을 참을 수 없어하는 사람이 있는 반면에 다른 사람과 같은 것이 최고라고 생각하는 사람도 있다. 일본인은 '평균지향적'이라고 불리는 만큼 평균을 지향하는 사람이 다수를 차지한다.

그러나 앞으로는 대부분의 기업이 능력을 바탕으로 한 연봉제를 도입해 평균지향은 사라질 것으로 예상된다.

사실 격차가 없는 편이 이상적이긴 하다. 그러나 아무리 열심히 해도 똑같다면 일하지 않는 편이 득이라고 생각하는 사람도 늘어날 것이다. 무기력한 사람이 증가하면 사회의 활력 또한 줄어든다. 그러므로 '경쟁 없는 곳에 진보는 없다, 차별이 있는 곳에는 협조가 없다'는 말이 있듯이 균형 잡힌 경쟁과 평균이 앞으로의 중요한 과제가 될 것이다. 여기서는 자신의 성향을 생각했을 때 어느 쪽에 더 가까운지를 확인해 보기 바란다.

Q 7 능력 위주의 연봉제냐 연공서열 위주의 월급제냐?

[질문]

보기는 3종류.

a. 연봉제 지향

b. 월급제 지향

c. 연봉/월급제 지향

[해답 예]

1. 일의 능력을 꾸준히 향상시킬 수 있으며 그러기 위한 동기부여가 된다. 따라서 능력이 우수하면 나이에 상관없이 그 능력에 맞는 보수를 받고 싶다. 나이가 많다고 임금이 높은 것은 납득할 수 없다.

2. 경험을 하면 누구나 어느 정도는 일을 할 수 있게 된다. 게다가 20대 보다 30대, 30대 보다 40대가 결혼해서 아이가 생기는 등 돈도 많이 필요하므로 그에 맞게 보수가 주어졌으면 좋겠다.

3. 능력에 따른 다소의 차이는 어쩔 수 없으며 그 차이가 오히

려 동기부여가 된다. 그러나 연령에 맞는 최소한의 보장이 되었으면 하므로 연령에 따라 보수가 오르면 좋겠다.

[해설]

1은 a의 능력지향, 2는 b의 연봉제 지향, 3은 c의 연봉/월급제 지향이다. 이는 Q6과도 일맥상통하는 질문이다. 연봉제는 경쟁지향을, 월급제는 평균지향을 나타낸다. 연봉제와 월급제는 둘 다 일장일단이 있다. 따라서 앞서 언급했듯이 현재 대부분의 일본기업들은 지금까지의 월급제에서 연봉제로 전환하고 있다. 그러나 공무원사회에서는 아직도 월급제를 고수한다.

앞으로 일본은 '연봉제/월급제' 라는 병용형(倂用型)을 채택하는 기업이 늘어나겠지만 일부 외국계기업을 비롯해 연봉제만을 지불하는 곳도 많아질 것이다. 물론 연봉제를 채택하면서도 대부분은 월급제로 남을 것이다. 그러므로 무엇이 좋고 나쁠지를 떠나 자신의 성향이 어디에 맞는가를 신중하게 생각하고 진로를 선택하자.

◎-지금까지의 자신의 '실적'을 평가한다

'참고할 예'로 A군(국립 O대학 문학부 출신/26세/컴퓨터 프로그래머 지망생 미국 I대학 유학 중), B씨(사립S대학 경제학부 출신/24세/아르바이트로 DJ 자원봉사)를 모델로 생각해 보자.

1. 친구는 몇 명인가? 어떨 때 당신의 힘이 되어 주는가.

A. 3명(미국에서 인터넷을 통해 알게 되었다. 컴퓨터기술과 정보 교환)

B. 10명 이상(자원봉사를 하면서 만나 인생의 다양한 문제를 상담한다)

2. 고등학교 때 성적이 100명 중 몇 등이었나. 자신이 평가하기에는 몇 등인가.

A. 명문고등학교에서 30등대. 스스로 평가하기에 40등대.

B. 일반고등학교에서 12등. 스스로 평가하기에 20등대.

3. 편차치(偏差置 일본에서 학력 등의 검사 결과가 집단의 평균치로부터 어느 정도 떨어져 있는가를 나타내는 수치)는 어느 정도인가, 그 수치는 정확하다고 생각하는가.

A. 편차치는 (4과목 평균) 64. 거의 타당하다고 본다.

B. 편차치는 모의시험을 보지 않았으므로 알 수 없다.

4. 부모는 당신에게 얼마나 투자했다고 생각하는가. 그 금액은 납득할 수 있나.

A. 아직 투자 중이지만 대학입학 후만 해도 벌써 1억 5,000만 원이 넘었다. 너무 많이 받고 있다.

B. 대학재학 중 600만 원. 많지는 않지만 지금도 조금씩 지원을 받는다.

5. 당신의 '경력'을 위해 투자를 한 적이 있는가, 그것은 납득할 만한 액수였나.

A. 대학 3학년에서 4학년 2년 동안 1억 원을 투자했다. 첨단기술을 배우는 데는 비용이 많이 든다. 아직 부족하다.

B. 약 2년 동안 800만 원 정도. 적지만 그 중에서는 노는 데도 사용했다.

6. 지금 자신에게 어떤 능력이 있다고 생각하는가.

A. 아직 공부 중이지만 컴퓨터 프로그램에 관해서는 상당한 지식과 능력을 보유하고 있으며, 이미 기업에서 일하고 있는 친구에게도 지지 않을 자신이 있다.

B. 대학에서도 전공에 관련된 공부를 많이 하지 않았으므로 특별한 능력은 없다고 생각한다. 그러나 자원봉사를 하면서 다른 사람에게 도움을 주는 일을 하고 있다고 자부할 수 있다.

◇ 이는 하나의 참고에 불과하다. 이처럼 지금까지 자신이 걸어온 발자취를 평가해 보기 바란다. 이는 과거의 모습에서 자신이 하고 싶은 일을 발견할 수 있는 방법 가운데 하나다. 이 외에

도 '무엇을 하고 있을 때가 가장 즐거운가' 또는 '무엇을 하는 데 가장 많은 시간을 할애하나' 등의 질문을 만들어 생각해보자. 그리고 마지막으로 '지금 자신에게 어떠한 능력이 있다고 생각되는가', '가장 하고 싶은 일은 무엇인가' 등의 질문을 스스로에게 던져보자.

◎-실례로 생각하는- 당신은 도전적인 사람인가

'참고할 예'로 C군(사립D대 사회복지학부 출신/37세/컴퓨터기술을 살려 시설 사무직원), D씨(국립O대 경상학부 출신/32세/컴퓨터기술을 살려 시설 연구조수/ 작가지망)를 예로 생각해보자.

1. 대학교수는 50%만이 될 수 있다. 게다가 10년 동안 무보수로 연구=공부할 수 있는가. 그래도 대학교수가 되고 싶은가.

C. 못한다. 연구는 좋아하지만 책상 앞에 앉아 책을 읽는 것은 싫다.

D. 할 수 있다. 나이가 걱정이긴 하나 공부하는 게 좋다. 시간의 여유가 많은 대학교수라는 직업도 매력적이다.

2. 자동차 판매왕이 될 수 있는 방법을 모색해보자.

C. 인맥을 통해서나, 고객에게 울며 매달려서라도 팔 수 있다.

또 컴퓨터네트워크를 이용해 고객서비스를 지속적으로 실시할
자신이 있다.

  D. 할 수 없다고 생각한다. 인간관계가 어렵다.

  3. 컴퓨터조작을 잘하면 좋은 곳에 취직할 수 있다고 한다. 그
러나 당신은 컴퓨터를 접해본 경험이 없다. 어떻게 할 것인가.

  C. 우선 최첨단 컴퓨터를 구입해 컴퓨터 전문가에게 개인교습
을 받는다. 비용은 상관없다.

  D. 컴퓨터 전문학원에서 아침, 저녁으로 강의를 듣는다. 그래
서 안 되면 포기한다.

  4. 인기작가 와타나베 료이치(渡邊亮一)의 원고를 받아 오면 유
명 출판사에서 편집장으로 채용해 준다고 한다. 어떻게 할 것인
가.

  C. 술을 즐겁게 마시는 데는 일가견이 있다. 아무리 무리한 요
구라도 들어줄 수 있다.

  D. 포기한다. 와타나베는 보기만 해도 소름이 돋는다.

  5. 세계적인 미국계기업이 당신의 전문지식을 높이 사 좋은
조건으로 스카우트를 했다. 단 2개월 안에 업무에 지장 없도록
영어를 완전히 마스터하라는 조건부다. 당신이라면 어떻게 하겠

는가.

C. 영어를 전혀 못하므로 풀타임 영어교사를 고용하겠다. 영어는 잘 못하기 때문에 한계는 있겠지만 할 수 있는 데까지 열심히 한다.

D. 회화는 지금도 조금은 하므로 할 수 있는 데까지 노력해본다. 그런데 문제는 작문이다. 개인교사를 고용하겠다.

6. 당신이 바라던 직장에서 1년 동안 무보수로 일해주면 당신과 계약을 맺겠다는 기업이 있다.

C. 주저 않고 간다. 2년이어도 상관없다.

D. 간다. 그러나 내가 바라던 직업이 진짜 좋은 직업인지는 실제로 경험한 후에 판단하겠다. 만일 마음에 들지 않으면 도중하차도 할 수 있다.

◆ 이 외에도 다양한 경우를 상정해보고 자신이 도전적인 사람인지 소극적인 사람인지를 파악해보자. 예를 들어 C군은 D씨보다 모든 일에 있어서 적극적이고 도전적이었다. 그러나 D씨도 적성에 맞는 일에 대해서는 도전적이었다. 그런 의미에서 언뜻 보기에는 C군이 적극적으로 보일지 모르지만 자신의 능력을 잘 모르는 사람이라고 할 수도 있다.

젊었을 때는 가능한 한 적극적, 도전적이어야 다양한 가능성에 접할 수 있지만 자신의 능력에 대한 배려 없이 무조건 도전하는 것도 무모한 짓이다.

◎-'수치'로 생각한다

'참고 예'로 E군(사립대학 문학부 3학년/22세/방송관련 취업희망), F씨(사립H대학 경제학부 4학년/23세/스튜어디스 지망)를 예로 생각해 보자.

1. 당신의 초봉을 어느 정도로 예상하는가. 그 판단 기준은?

E. 220만 원. 혼자 동경에서 살려면 그 정도는 받아야 한다.

F. 280만 원. 연봉제. 배로 일해서 회사에 공헌할 자신이 있다.

2. 당신은 얼마가 있으면 1년을 재미있게 살 수 있는가. 그 산정기준은?

E. 6천만 원. 월 500만 원이라면 300만 원의 여유자금으로 즐길 수 있다.

F. 4천만 원. 1년에 한 번씩 여행만 한다면 나머지는 라면으로 끼니를 때울 수 있다.

3. 당신에게 미국 하버드대학에서 1년 동안 공부할 기회가 주

어졌다. 무엇을 배우고 싶으며 유학비용은 어느 정도 필요한가.

E. 일본경제론. 미국은 일본을 어떻게 생각하고 있는지 알고 싶다. 7천만 원. 개인교사를 채용하고 싶다.

F. 잘 모르겠다. 단 유창한 영어로 미국문화를 흡수하겠다. 4천만 원. 그 중 반은 여행비.

4. 당신이 지금 하고 싶은 일에 투자할 수 있는 자금을 얼마나 조달 가능한가. 그 방법과 금액을 산출해 보라.

E. 600만 원. 아르바이트로 번 여행경비 200만 원. 부모로부터 200만 원. 형에게서 200만 원. 적은 수준이다.

F. 1600만 원. 4년 간 아르바이트로 모은 돈의 합계. 부모에게 의존할 수는 없지만 오빠에게 빌릴 수 있다.

5. 1,500만 원을 준다면 무엇에 쓰겠는가. 그 이유는 무엇인가.

E 컴퓨터를 사겠다. 나머지는 자동차를 위한 예치금으로 사용하겠다. 지금 있는 컴퓨터가 중고여서 속도가 느리고 자동차는 필수품이기 때문.

F 여행비용. 네팔과 킬리만자로, 중국, 무인도에 가고 싶다. 혼자서는 가고 싶지 않다.

◇위 예문은 둘 중 누가 더 바람직하다는 예는 아니다. 스스로

지금 내 가치를 수치로 책정하거나 구체적으로 얼마가 필요한지를 생각해 보자. 자신이 능력 이상으로 욕심을 부리고 있거나 의외로 돈을 필요로 하지 않는다는 사실을 알 수 있을 것이다.

◎-자신이 '하고 싶은 일'을 거울에 비춰 객관화시킬 필요가 있다

지금 자신이 '하고 싶은 일'을 알아보기 위한 다양한 질문을 던져 봤다. 이 외에도 다른 질문을 만들어 자신에게 질문해보자. 그렇게 해서 알게 된 것이 지금 나의 성향이다.

어떤가. 이런 설문을 통해 알게 된 것이 어떤 성향이든지 간에 긍정적인 면과 부정적인 면이 있었을 것이다. 모든 일에는 긍정적인 면이 있으면 부정적인 면이 있게 마련이다. 그러나 자신의 성향과 맞는다면 부정적인 면은 무시할 수 있다.

많은 선택지 속에서 좋은 면 나쁜 면을 따져 본다고 해서 하고 싶은 일을 발견할 수 있는 것은 아니다. '이거다'라는 대체 불가능한 무언가를 찾아야 한다. 그래야만 인생의 재미를 느낄 수 있다.

우리가 개인적으로 경험한 세계는 매우 협소한 것이다. 그 좁은 세계만을 경험하고 알아간다면 자신을 표현하는 기술도 크게 한정될 것이다.

4 자기가 하고 싶은 일을 표현하는 기술

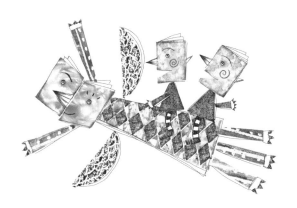

　성공한 사람들은 자신의 성공은 행운이 아니라 스스로 노력한 결과이지만 다른 사람의 성공은 행운임에 틀림없다고 생각한다. 사람은 이렇게 제멋대로 생각하는 동물인 것이다.

　그러나 행운은 우연한 기회에 찾아온다. 반드시 노력한 사람만이 성공을 보장받는다면 이처럼 단순하고 좋은 것은 없겠지만, 항상 그렇게 되지만은 않는 것이 현실이다. 그러나 성공이 단순한 행운의 선물은 아니다. 따라서 항상 준비하고 있지 않으면 찾아온 행운도 스쳐지나버린다. 자기가 하고 싶은 일을 막연하게든지 아니면 구체적으로든지 어느 정도는 준비해 두어야만 행운이 찾아오는 것이다. 바꿔 말해, 행운을 부르기 위해서는 그 만큼의 준비와 그 만큼의 기술이 필요하다는 것이다.

　이제부터 내가 이야기하고자 하는 것은 '말하는 기술', '쓰는 기술', '읽는 기술', '연기하는 기술' 네 가지 기술에 관한 것이다. 이것들을 각각 다섯 가지 법칙으로 나누어 간단히 설명해 보고자 한다. 그럼 먼저 말하는 기술에 대해 이야기 해보도록 하자.

076 젊은이들의 화술이 예의바르지 않다고 느끼는 것은 비단 오늘날만의 일이 아니다

젊은이들은 어떤 시대, 어떤 장소에서나 말하는 기술이 부족하다고 해도 과언이 아니다. 요즘 젊은이들은 말을 잘못한다거나 예의가 없다고 하는 사람들도 있지만, 이것은 어떤 시대에서나 항상 해왔던 말이다.

즉, 으레 젊은이들이란 화술이 능숙하지 못한 사람들로 간주되는 것이다. 물론 예외도 있겠지만 어떤 장소, 어떤 시대에서나 젊은이들은 화술이 능숙하지 못하다는 공통된 성격을 갖고 있다고 여겨졌다. 젊은 사람이 아닌 경우도 마찬가지겠지만, 아무리 화술에 능하지 못한 젊은이라 할지라도 말하고자 하는 테마만 갖고 있다면 상대방에게 뜻이 통하도록 말할 수는 있을 것이다. 즉, 말하고자 하는 소재와 말하고 싶다는 생각만 갖고 있다면 그것은 당연히 상대방에게 전달될 수 있다는 것이다. 이것이 말하는 데 있어서는 화술이나 그 밖에 다른 무엇보다도 가장 중요한 것이다. 아무리 말하는 테크닉이 뛰어나도, 또 아무리 아름다운 단어와 훌륭한 매너로 무장해도 반드시 전달하고자 하는 내용이 없다면 상대방에게는 아무것도 전달될 수 없다.

그렇다고 해서 말하는 기술이 전혀 필요 없다는 것은 아니다. 친구나 가족처럼 좁은 범위 내에서, 진심으로 교제할 수 있는 상대에게만 전달하고자 한다면 특별한 기술 따위는 필요 없을 것이다. 그러나 더 많은 사람에게 더 빨리 전달하기 위해서는 말하는 기술이 필요하며 이 기술은 누구나 쉽게 습득할 수 있는 것이어야 한다.

누구나 습득할 수 있는 기술조차 몸에 익히지 않고 자신을 표현하는 것은 매우 어렵고 또 힘든 일이다. 특히, 말하는 것을 어려워하는 젊은이들이 간단한 기술조차 익혀두지 않는다면 좀처럼 능숙하게 말하기 어려운 것이다. 이래서는 자신이 하고 싶은 것을 충분히 표현할 수 없고 결국은 고립될 수도 있다.

그래서 다음과 같이 정확하고 평범하게 표현할 수 있게 해주는 법칙 5가지를 골라보았다. 그러나 무엇보다 중요한 것은 연습이므로 부지런히 실습훈련을 해보도록 하자.

말하는 기술의 제1법칙은 바로 대답하는 기술이다. 라디오나 텔레비전의 경우처럼 대화를 나눌 때도 공백이 생기면 당황하게 된다. 신중히 생각하고 말하라는 사람도 있겠지만 대화에서는 우선 템포가 중요하다. 즉, 듣는 사람의 기분을 상승시킬 수 있는 대답이 필요하다. 상대가 말을 걸어왔을 때 즉시 대응하는 것이야 말로 대화에 탄력을 불어넣는 원동력이다. 연극에서의 즉흥적인 애드리브처럼 고난도의 기술이 아니어도 왕성한 서비스 정신만 있다면 자연스러운 템포를 얻어낼 수 있다.

특히 젊은이들은 어떤 질문을 받았을 때 바로 "모르겠습니다"라고 대답해버리는 것에 주의해야 한다. 먼저 이런 대답부터 고쳐 나가야 한다. 몰라서 모른다고 하는데 다른 방법이 없지 않느냐고 한다면 그것은 매우 거만한 태도다. 혹시 정말 모른다면 무엇을, 왜 모르는지에 대해 대답해보도록 하자. 그리고 자기가 아는 범위에서 대답해 보도록 노력하자. 설사 답변이 틀렸거나 부실한 내용이라 해도, 또 완전히 제멋대로인 대답이라 해도 우선은 즉시 반응할 줄 알아야 한다.

079 종류에 상관없이 자신 있는 분야를 보유하고 이것을 늘려나가자

즉답을 위해서는 최소한의 준비가 필요한데 그 준비의 첫 번째가 정보수집이다. 만나야 할 상대방이나 말할 내용에 대한 아무런 준비 없이 대화를 시작하는 것은 서비스 정신의 부족이라 하겠다.

즉답을 위한 두 번째 준비는 몇 가지 문제에 대해 넓고 얕은 망을 쳐두는 것이다. 물론 이것이 하루아침에 가능해지는 것은 아니며, 젊은이들에게는 당장이라도 포기하고 싶어지는 일일지도 모른다. 그러나 "티끌모아 태산"이라는 말처럼 축적과 반복이 중요하다.

그리고 무엇보다 중요한 것이 세 번째 준비인데, 바로 '좋아하는 것이야 말로 몸에 익는다' 라는 것이다. 그것이 반드시 지적호기심이 왕성한 분야일 필요도 없고, 또 설령 그것이 최신히트곡 차트 같은 것일지라도 상관없다. 단 한 가지라도 자기가 잘하는 분야를 갖는다는 것은 언제든지 바로 대답할 수 있는 분야를 갖게 되는 것과 마찬가지이므로 대화에 자신감을 갖게 해준다.

네 번째 준비는 정치에 관심을 갖는 것이다. 특별한 정치 이슈에 대해 이야기할 수 없다 해도 아무 상관없다. 특히 최근에는 어른들조차 정치에 대한 관심이 희박해져가고, 신문을 봐도 그다지 재미없는 분야인 것만은 틀림없다. 그러나 정치란 인간이 살아가는 데 가장 광범위하면서도 성가신 부분들과 관련되므로 도저히 뗄레야 뗄 수 없는 밀접한 관계라고 할 수 있겠다.

080 정치문제를 사람과 사회를 파악하는 절호의 창구로 간주하자

정치에 대해 문외한이라도 상관없다. 그러나 설령 정치가의 스캔들 같은 것일지라도 권력의 중심부와 관련된 '사건'을 안다는 것은 우리가 살아가는 이 사회의 실상을 가장 잘 반영하는 거울을 보고 있는 것이다. 부패한 정치가의 모습을 본다면 우리 자신도 부패했을 가능성이 있다고 생각하기 바란다. 즉, 정치문제는 직접적으로 논의되는 대상이라기보다 오히려 인간사회의 가장 넓은 분야를 포괄하고, 가장 깊은 분야에까지 관계되는, 즉 개인과 사회전체에 대한 호기심에 관한 것이라 할 수 있다. 따라서 정치란 컴퓨터 게임이나 연극, 이해당사들 간의 공방과 같은 것으로 생각될 수도 있고, 스캔들, 명예욕, 지배욕 등 사람의 모든 욕망이 엇갈리는 시장이라고도 간주할 수 있을 것이다. 정치에는 모든 인간유형이 등장한다. 우리는 정치를 소재로 인간과 사회의 드라마를 배울 수도 있다. 또 여기에 등장인물을 관찰하는 것도 의외로 재미있는 일이다.

081 듣는 기술에서 중요한 것은 상대방이 말하고자 하는 핵심을 파악하는 것이다

정확히 대화할 수 있는 두 번째 법칙은 말하는 기술이 바로 듣는 기술이라는 것이다. 대화란 상대방과의 관계에 의해 성립된

다. 그러므로 상대방이 생각하고 있는 것을 재빨리 파악하여 그것을 이해하고 이에 반응하는 것이 매우 중요하다. 이 때 중요한 것은 상대방이 말하는 것을 처음부터 끝까지 완전히 파악하는 능력이 아니라 상대방이 말하고자 하는 핵심을 파악하는 능력이다. 가장 곤란한 것은 중언부언하는 것과 시간대별로 일어난 모든 일을 이야기 하지 않으면 상대방에게 전달되지 않을 것 같고 상대방이 자신을 이해할 수 없을 거라 생각하는 것이다. 상대방이 지금 말하고자 하는 것이 대체 무엇인지, 그 핵심은 무엇인지를 재빨리 파악하여 상대방이 말하고 있는 맥락을 찾아내는 것이 중요하다. 바꿔 말하자면 지금 상대방이 무엇을 생각하고 있는지를 신속히 파악해 내는 자세가 가장 필요한 것이며 이것은 즉답하는 기술로도 이어진다는 것이다.

082 우선 말하고자 하는 핵심을 이야기하자

세 번째 법칙은 표현해야만 하는 중심을 먼저 말하는 것이다. 자기가 말할 때 중요한 것은 우선 의견이나 결론을 이야기하는 것이다. 나의 생각은 이런 것이며 말하고 싶은 것은 이것이라는 핵심을 가장 먼저 말해야 한다.

거꾸로 가장 삼가해야 할 것은 상대방이 스스로 숨겨진 내 속

내를 알아채주기 바라면서 장황하게 주변 상황만을 설명할 뿐, 정작 전달해야할 핵심은 말하지 않는 것이다. 그러나 상대방이 나를 이해해주기 바란다면 반드시 핵심을 먼저 말해야만 가장 중요한 문제에 도달할 수 있다. 우선 자기 자신에 대한 핵심을 이야기한다. 예를 들어 돈을 빌릴 때도 마찬가지다. 여러 가지 상황을 설명하며 이런 괴로운 일이 있다거나, 더 이상 힘들어 견딜 수 없다거나 하며 이리저리 돌려 말할 것이 아니라 먼저 돈을 꾸어 달라고 말하는 것이 중요하다. 그리고나서 자기 나름대로의 이치와 합리적인 논조로 돈을 빌리는 이유와 변제능력, 방법 등에 대해 정확히 설명해야한다.

083 이성, 감성, 지성 등의 추상어를 사용하지 않는다

네 번째 법칙은 기존의 모호한 추상어를 사용하지 않는 것이다. 어쩌면 이것이 가장 중요한 법칙일 수도 있겠다. 예를 들어 술집에서 시끌벅적한 대화를 나눌 때 의외로 간단히 이성이나 지성, 감성과 같은 단어를 사용하곤 한다. 물론 이성이란 사람이라면 누구나 갖고 있는 힘이라는 식으로 말할 수도 있다. 그러나 대부분의 경우 말하는 사람 자신도 확실히 알고 사용하는 것이 아니다. 감성도 마찬가지다. 감성이란 막연한 것이기 때문에 마치 육감과 같이 생각하는 사람도 많다. 지성도 지식이 풍부하다거나 그렇지 않다거나 하는 문제로 연결된다. 즉, 논의를 하거나 대화를 나눌 때 이런 추상어를 사용하면 상대방에게 전달되지 않는다고 생각하기 바란다. 혹시 이런 단어로 뜻이 통한 것 같은 분위기가 생성되었다면 위태로운 상황이거나 상대방을 속이려는 논의로 간주해도 좋을 것이다.

084 독자에게 전달하는 것이 없는 소설은 독자로부터 반감을 산다

최근에 소설가를 지망하는 한 여성으로부터 엽서를 받은 적이 있다. 그 여성은 엽서에서 "저는 이제 지성과 이성을 자랑하는 소설은 쓰지 않겠습니다"라고 했다. 실례일지는 모르지만 나는 그녀의 소설에서 손톱만큼의 지성도 발견할 수 없었다. 지성을 발휘하고 있다고는 도저히 생각되지 않았다. 소설을 쓰기 위해서는 어떤 스토리의 창작도 중요하지만 마지막에는 자기 자신을 남에게 보여주는 작업이 필요하다. 그러므로 자기가 말하고자 하는 바를 스스로 파악해 둬야만 한다. 그러나 그녀의 작품에는 이런 점이 없었다. 이것은 매우 곤란하다. 솥뚜껑 같은 얼굴을 하고도 스스로를 미녀라고 생각하는 것과 같은 경우다. 그러나 스스로는 전혀 깨닫지 못하고 있다. 이래서는 "지성을 자랑하지 않겠다" 즉, 기존의 추상적인 언어를 사용하지 않겠다고 해도 헛된 것이 될 뿐이다. 얼핏 보면 이런 작품은 아무리 스토리가 재미있어도, 또 아무리 문장이 수려하다 할지라도 독자에게 아무것도 전달할 수 없다. 이런 작품은 독자들에게 이해를 받기는커녕 오히려 반감을 사게 된다.

085 상대방을 설득할 수는 없어도 놀라게는 해보자

다섯 번째 법칙은 설득은 못할지라도 상대방을 놀라게 할 수 있는 서비스 정신을 갖는 것이다. 말하는 기술이란 상대방의 이해를 구하는 기술이지만 상대방을 설득할 수 있는지의 여부는 또 다른 문제이다. 이것은 말하는 기술이라기보다는 설득하는 기술이라는 별도의 기술로 간주해야 한다. 여기서 말하는 기술을 충분히 연마했다고 해도 최종적으로 이해할지의 여부는 오로지 상대방에게 달려있다. 또 말하는 기술이란 상대방에게 이해를 받거나 내가 말하고자 하는 바를 상대방에게 전달하는 기술을 말한다. 그러나 세상에는 다양한 사람들이 살고 있기 때문에 단어 몇 가지만 사용해도 뜻이 통하는 사람이 있는가 하면 일생일대의 논문을 쓰듯이 논리정연하게 설명을 해도 전혀 알지 못하거나 알려고도 하지 않는 사람도 있다. 이렇게 뜻이 통하지 않는 사람과 말할 때는 차라리 포기하는 편이 나을 때도 있다. 그러나 말하는 사람은 이런 상대방을 이해는 못 시키더라 최소한 놀라게는 해보겠다는 생각이 있어야 한다. 상대방에게 "네?" 하는 생각을 하게하자. "훌륭하다"라고 생각하게 하자. 이 사람이 말하는 것은 듣고 싶지도 않고 인정하고 싶지도 않지만 '음, 대단한데' 하고 감탄하게 만들자. 말하자면 원더풀(Wonderful)이다. 원더풀이란 원더(Wonder), 즉 이상한 것이 풀(Full), 가득 차있다는 뜻이다. 이것은 말하는 기술 중에서도 가장 고난이 기술에 속하는 것이라 할 수 있다. 그러나 이런 기술을 갖고 있으면 정말 도움이 되지 않을까.

086 언제나 '앗!' 하고 놀라게 할 수 있는 화제를 갖고 싶다

상대방이 내 이야기에 '앗!' 하고 놀라거나 '훌륭하다' 라고 생각했다는 것은 내 이야기에 이득이 되거나 자극을 주는 화법이 사용되었다는 증거다. 현재 해설자로 활동하고 있는 가네다 세이이찌(金田正一) 투수가 국철 스왈로즈(國鐵swallows 일본 센트럴리그 야구구단 중 하나. 지금은 야쿠르트 스왈로즈)시대에 등판할 때면 반드시 백네트를 향해 형편없는 볼을 던지곤 했는데 그것은 상대 타자나 장내가 일순 적막해질 정도의 맹속구였다. 바로 모두를 놀라게 했다. 이것은 쇼가 아닌 감탄이었다.

그러나 상대방을 놀라게 하려 할 때 오히려 자기가 놀라거나 스스로 즐거워한다면 상대방에게 어떤 자극도 줄 수 없다. 가이코 다카시(開高健)는 식사시간마다 적어도 한 가지씩의 농담은 할 줄 알아야 진정한 신사라고 하였다. 농담도 상대방을 "앗!"하고 놀라게 할 수 있다. 그러나 일본인은 농담을 잘 하지 못한다. 진지함과 신중함을 미덕으로 여기는 전통 때문에 농담을 하는 것에도 듣는 것에도 익숙하지 않다. 농담까지는 아니더라도 듣는 사람을 "앗!"하고 놀라게 할 수 있는 화제를 준비하자. 물론 그 화제는 항상 바뀌어야 한다. 이를 위해서는 독서가 꼭 필요하다. 잡학의 필요성이 바로 여기에 있는 것이다.

087 젊은이들이 훌륭한 '쓰는 기술'을 갖게 되었다

이제 다음으로 쓰는 기술에 대해 이야기해보자. 읽거나 말하는 것은 그렇다 쳐도 쓰는 것을 싫어하거나 서투른 사람이 많다. 그러나 내가 알고 있는 젊은이들을 보고 있노라면 실로 지금의 젊은이들은 역사상 가장 훌륭한 쓰는 기술을 갖고 있다고 해도 과언이 아니다. 어떤 세대보다도, 또 어떤 시대의 사람들보다도 지금의 대부분의 젊은이들은 상당히 훌륭한 "쓰는 기술"을 갖고 있다. 따라서 상대방을 설득시키거나 자기를 표현하기 위해 이 기술을 활용해야 한다. 그렇다면 지금의 젊은이들은 어떻게 역사상 최고의 쓰는 기술을 갖게 된 것일까. 그 첫 번째 이유는 사회가 개방화되었기 때문일 것이다. 인간 한 사람 한 사람이 자기의 의견을 가지고 자유롭게 그것을 공표할 수 있는 시대가 된 것이다. 지금은 아이건 어른이건 또는 노인이건 간에 자기가 말하고 싶은 것을 자유롭게 말할 수 있다. 정치적, 문화적으로도 또 인간관계나 가족관계에서도 언론의 자유가 보장되는 사회가 된 것이다. 바로 민주주의 사회가 되었다.

088 소논문, 기획서, 보고서를 쓰지 못하면 정상적인 업무를 할 수 없다

그러나 조금 더 한정하여 쓰는 기술에 대해 이야기 하자면, 나는 대학입시 때 논술을 쓰거나 사회에 나가 다양한 기획서와 보고서를 써야 하는 기회가 그만큼 늘어났기 때문은 아닐까 하고 생각한다. 지금은 쓰는 시대다. 과거에는 기획서나 보고서를 쓰는 것은 화이트칼라라는 특수한 정식 사원들뿐이었다. 그러나 지금은 누구나 이런 일들을 하지 않으면 안 되는 시대가 되어 버렸다. 모든 것을 스스로 학습하고자 한다면, 또 스스로 기술을 연마하고자 한다면 문장을 읽고, 읽은 내용을 보고해야 하고, 또 기획도 짜야 한다. 즉, 중, 고등학교에서부터 시작하여 대학이나 취직 후에도 계속 소논문을 쓰는 능력이 요구되는 시대가 된 것이다. 즉, 쓰지 못하면 업무 자체가 불가능한 시대가 되었다. 따라서 '필요는 발명의 어머니'라는 격언을 적용하기에는 무리가 있을지 몰라도, 쓰는 능력이 필요시 되어 이를 위한 훈련이 행해진 것이 큰 이유가 아닐까.

089 워드 프로세서로 쓰면 일단 문장력이 향상된다

또 한 가지 원인은 워드 프로세서의 등장이다. 소논문을 비롯하여 문장을 쓰는 기술을 결정적으로 향상시킨 원인은 워드 프로세서에 있다. 물론 컴퓨터의 워드프로그램을 모두 포함해서 하는 말이다. 워드 프로세서는 쓰는 기계이지만 글씨를 깨끗하게 쓰기위한 기계일 뿐만 아니라 문장을 매끄럽고 간결하게 쓰기 위해 유효한 사고기계라고 생각하기 바란다. 워드 프로세서로 문장을 작성하여 활자체로 인쇄할 수 있는 시대가 되자 사람들의 쓰는 능력이 한 순간에 향상되었다. 과거에는 붓과 묵이 아니면 문장을 쓸 수 없었지만 연필시대가 도래하면서 누구나 종이만 있으면 쓸 수 있게 되었다. 연필 외에도 만년필, 볼펜과 같은 다양한 필기도구가 등장하면서 누구나 어디서나 자유롭게 쓸 수 있게 되었다. 그러나 워드 프로세서는 이런 것들과는 전혀 다른 능력이 있다. 손쉽게 쓸 수 있고 게다가 수정이나 변환이 매우 간단하다. 또 머리로 생각한 것을 손의 스피드가 따라갈 수 있게 되었다. 필기용구만을 사용한다면 아무리 노력해도 머리의 속도를 손이 따라갈 수 없기 때문에 쓰고 있는 동안 머리 속에 떠오른 것을 잊어버리는 경우가 많았다. 따라서 나는 워드 프로세서를 사용하지 않는 사람은 일단 문장력, 신속성, 정확성, 수량적인 면 등에서 쓰는 능력이 떨어진다고 생각한다. 여러분은 그렇게 생각하지 않는가?

090 절반 공개의 이메일은 문장을 쓰고자 하는 동기를 부여한다

이것도 컴퓨터에 관한 것이지만 이번에는 이메일의 위력에 대해 이야기 하고자 한다. 나는 편지를 쓴다. 이 때 편지는 개인적인 통신이다. 물론 이메일도 개인적인 통신이지만 전파를 타고 전달되는 절반은 공개되는 문서다. 사람은 공개되는 것에 대해서는 정확하고 깔끔한 태도를 취하려고 한다. 우리의 마음가짐이 다르기 때문에 친구나 부모님, 또는 학교 선생님이나 회사의 상사, 동료와 대화할 때의 단어 사용방법은 각각 다르다. 이와 마찬가지로 공적인 것이라면 그 마음가짐이 그에 걸맞게 바뀌므로 공적인 것이 문장을 정확하고 깔끔하게 쓰게 하는 동기가 된다. 상사에게 정확히 전달하자, 되도록이면 모르는 사람에게도 정확하게 전달하고 싶다, 이런 마음가짐들이 쓰는 기술을 향상시킬 수 있다. 이메일은 공개문에 가깝기 때문에 스스로 마음가짐을 달리 하는 것이다. 게다가 이메일은 워드 프로세서로 작성한다. 보낼 때나 받을 때 모두 자유롭게 수정가공이 가능하게 되므로 이메일을 교환하면서 문장력을 다듬을 수 있게 된다. 물론 편지로도 가능한 일이지만 이메일이 훨씬 향상속도가 빠르다.

091 쓰는 것은 말하는 것보다 훨씬 직설적이다

한 가지 더 알아두었으면 하는 것은 쓰는 것이 말하는 것보다 훨씬 직설적이라는 사실이다.

여러분은 말하는 쪽이 직설적이라고 생각할지도 모르지만 그렇지 않다. 연애편지를 쓰는 것과 전화로 "좋아한다"라고 말하는 것은 그 충격이 전혀 다르다. '좋아한다'라고 하는 것은 음절로 따지면 네 글자지만 말로 하는 것과 쓰는 것은 박력이 전혀 다르게 느껴진다. 조금 이상하게 들릴지도 모르지만 쓰면 반드시 증거가 남는다. 따라서 오랫동안 기억에 남는다. 나는 암기하려고 할 때도 단지 책을 읽기만 하면서 억지로 머릿속에 넣으려 하지 않고 일단 쓰면서 기억하려고 한다. 여러분들도 나와 같은 경험이 있지 않은가? 영어 스펠링이나 한자를 암기할 때 그랬을 것이다. 단지 머리로 문자를 외울 것이 아니라 실제로 써보자. 정확하게 써 보도록 하자. 사람은 이렇게 함으로써 기억에 남길 수 있다. 새겨 넣는다는 것은 즉, 써 넣는다는 것이다.

092 '단어'는 사라져도 '문자'는 사라지지 않는다

문자나 문장을 쓰면 상대방에게 말하고자 하는 내용을 정확하게 전달할 수 있을 뿐 아니라 증거로 남기는 역할도 한다. 또 기억 속에 확실히 새겨 넣는 효력을 가지므로 상대방에게 매우 강력하게 전달된다. 우리는 종종 단어는 사라져도 문장은 사라지지 않는다고 한다. 여기서 활자신앙 또는 문자신앙이 탄생하는 것이다. 예를 들어 상대방을 비난하는 경우, 단순히 소문을 내는 것이 아니라 팸플릿이나 유인물에 '비난점'을 써서 신빙성을 더하여 상대방을 곤란에 빠뜨리는 등의 악랄한 방법을 취하는 것이 바로 이런 경우다. 씌어진 것은 스캔들보다 강력한 '증거'가 되어 유포된다. 가끔은 활자보다 영상이 더 효과적이라는 사람도 있지만 그렇지 않다. 만약 사진 잡지인 〈포커스〉에 문자가 없었다면 그 충격은 반감되지 않겠는가.

쓰는 기술의 첫 번째 법칙은 반드시 키워드(key word)나 핵심문구(key phrase)를 만드는 것이다. 문장의 중심 또는 말하고자 하는 것의 중심에 '이 단어다', '이 명제다' 라고 할 수 있는 것이 없으면 아무 효과를 얻을 수 없다. 키워드나 핵심문구가 없는 문장은 백퍼센트 아웃이다. 무엇을 말하고자 하는지 절대 알 수 없다. 키워드나 핵심문구가 제시되지 않은 문장은 말하고자하는 '이것'을 판별하기 어렵거나 좀처럼 알아낼 수 없다. 또 키워드가 형편없으면 문장도 형편없어진다.

키워드가 부적합하면 전달하고자 하는 것이 전혀 반대의 생각으로 전달되는 경우도 있다. 예를 들어 '일본은 모방국이다' 라는 테마의 키워드를 '원숭이 흉내' 라고 하는 것과 '고도기술개혁' 이라고 하는 것에 따라 문장의 역점을 둘 곳과 전개방법이 완전히 달라진다. 또 일본에 대한 전체 이미지도 정반대가 될 것이다.

른다

두 번째 법칙은 삼분할법(三分割法)으로 쓰는 것이다. 이것은 문자 그대로 말하고자 하는 것을 세 개로 나누어 쓰는 것이다. 당연히 그 하나하나는 각각 다른 것을 표현한다. 키워드가 세 개인 경우나 중심 키워드는 하나인데 이것을 보조하는 보조 키워드가 두 개인 경우 등, 그 방법은 다양하지만 어쨌든 삼분할로 쓴다. 그렇다면 왜 세 개 부분으로 분할하여 써야 하는 것인가. 여기에는 여러 가지 이유가 있다. 우선은 역사적인 이유에서인데 항상 정확한 문장을 써왔던 사람들의 대부분은 삼분할법으로 써왔다는 역사적 사실이 있다. 이것은 터무니없는 이유라고 생각할지도 모르지만 문장이란 역사적 형성물이며 역사규범(매너)이 있으므로 삼분할로 쓴다고 하는 것은 역사법칙이라고도 할 수 있다고 생각해 주기 바란다.

095 정반합의 삼분할 논리전개로 쓴다

논리적 이유는 확실하다. 우선 자기가 말하고자 하는 것을 말해야 한다. 그러나 자기가 말하려는 것에 대해서는 다양한 반론이 있을 수 있기 때문에 이에 대한 반대논거를 미리 작성한다. 그러나 반대논거보다도 자기가 말하고 있는 것이 정확하다고 하는, 아울러 반대논거를 더 반격하여 자기가 전달하고자 하는 내용에 깊이를 더하는 논거를 전달한다.

이것은 '정반합'으로 소크라테스나 플라톤 이래의 논리적 전개인 변증법과 같은 것이다. 플라톤의 책에서 나타나는 소크라테스의 대화방법이란 우선 자기가 말하고자 하는 정론을 전개하고 그 다음에 상대방으로 하여금 반론을 제기하게 한 후, 최종적으로 그 반론을 논파하여 정론에 논거를 부여함으로써 논적을 쓰러뜨리는 방법이다. 어렵게 생각할 필요는 없다. 말하자면 '정반합'은 '기승전결'인 것이다. 정확한 문장을 쓰는 사람은 의식하지 않고도 변증법적인 방법을 사용한다. 물론 정반합에 얽매일 필요는 없다. 우선 말하고 싶은 것을 말한다. 그리고 말하고 싶은 것을 한 가지 더 말한다. 여기에 말하고 싶은 것을 한 가지 더 말한다. 어쨌든 모든 문장을 세 가지 정경(장면)으로 나누는 것이다. 단, 이 방법은 요점만을 나열하게 될 위험이 있다. 시작도 끝도 없이 늘어놓기만 한 것 같은 느낌을 전달할 수도 있는 것이다.

세 번째는 미적인 이유에서다. 문장도 아름다워질 수 있다. 절의 구분 없이 하나로 이어지는 문장은 대부분 보기 흉하다. 분절화하여 구분을 지어두면 자연스럽고 아름다운 문장이 된다. 구두점이 없는 문장을 읽는 것은 고통스러운 일이 아닐 수 없으며 물론 그 문장은 아름답지도 않다.

예를 들어 삼각형이 다각형의 기본형으로 어떤 다각형이라도 삼각형으로 분해할 수 있다는 것과 같은 원리다. 무코다 구니코(向田邦子)는 에세이의 달인으로 일컬어진다. 그녀의 에세이를 읽어보면 문장이 자연스러운 삼분할로 이루어진 것을 발견할 수 있다. 그녀의 문장은 매우 아름답게 완성되어 있다.

그런데 여기서 중요한 것은 왜 삼분할이어야 하는가라는 이유가 아니라 삼분할이라고 하는 '정형'으로 문장을 쓰는 관습을 몸에 익혀야 한다는 점이다. '형(型)'을 정해두면 쓰기 어렵다는 생각은 잘못된 것이다. 오히려 '형(型)'이 있기 때문에 쉽게 쓸 수 있다. 또한 삼분할을 자유자재로 사용할 수 있게 되면 다른 어떤 분할체도 자유롭게 사용할 수 있게 된다. 예를 들어 "나는 소설 읽는 것을 좋아하고 스토리를 생각하거나 문장 쓰는 것에도 자신 있다. 그래서 작가가 되고 싶다"라는 문장이 있다. 젊은이들은 "~하고"와 같은 연결어를 무의식적으로 사용하곤 한다. 물론 의미를 전혀 파악할 수 없는 것은 아니지만 이런 문장은 읽기도 힘들고 아름답지도 않다. "나는 소설 읽는 것을 좋아한다. 스토

리를 생각하는 것, 문장을 쓰는 것도 자신 있다. 그래서 작가가
되고 싶다"라는 식으로 삼분할을 사용하면 훨씬 완벽한 문장이
된다.

097 한 분할을 200자로 쓴다

세 번째 법칙은 한 분할은 200자로 쓴다는 것이다. 200자라고
하면 상당히 길다고 느낄지도 모른다. 그러나 말로 하는 경우 약
20초에서 30초 사이의 분량이다. 그러므로 면접 등에서는 대체로
20초 동안 한 가지에 대해 말하시오 라고 요구했을 때 이에 대한
대답은 원고용지의 절반분량이 될 것이다. 한 분할이 200자이므
로 하나의 문맥은 600자다. 600자 전후로 한 가지에 대해 설명하
는 것이 가장 적합한 길이다. 전무후무한 서적수상인 타니자와
에이이치(谷澤永一)가 쓴 《종이뭉치》가 바로 550자다. 나는 앞에서
키워드나 핵심문구를 우선 제시해야한다고 했다. 사실 한 분할
은 짧으면 짧을수록 좋다. 200자란 길게 느껴질 수도 있지만 실
제로 써보면 상당히 짧다고 느끼게 될 것이다. 그 짧은 문장 속에
말하고자 하는 것을 확실히 표현하는 것, 이런 훈련을 많이 해두
도록 하자.

네 번째 법칙은 작문, 감상문은 금물이라는 것이다. 세 번째 법칙의 연장이지만 200자 속에 요점을 정리하기 위해서는 "나는 이렇게 생각합니다" 라든가 어제는 "누가 이렇게 말했습니다만, 나는 이렇게 생각합니다"라는 식의 표현을 사용하면 이것으로 이미 글자 수를 채워버리고 말게 된다. 면접 때나 어떤 것을 쓰는 경우에도 마찬가지다. '나는 이런 사람이다' 라고 설명하려고 하면 이미 이것만으로 200자가 되어버린다. 단도직입으로 말하고 싶은 것을 쓰기 위해서는 키워드나 핵심문구에 입각하여 그 키워드나 핵심문구를 풍부하게 하는 형태를 취해 200자 이내로 정리하면 문장이 이상한 길로 빠지지 않는다. 키워드나 핵심문구는 30 내지 40자가 좋다. 40자라고 하면 상당히 짧은 것 같다. 40자 이내로 말하고 싶은 것을 정리하고 남은 160자로 그 40자를 설명 보강한다. 이렇게 200자를 완성한다. 예를 들어 이런 문장이다. "문장을 쓰는 기술은 자기 자신을 표현하는 기술 중에서도 가장 중요한 기술이다." 이 문구가 32자이다. 여기에 이것을 다시 설명하고 보충하면 이렇게 된다. "왜냐하면 이 기술을 습득해두면 자기가 생각하는 것을 남에게 정확하게 전달할 수 있기 때문이다. 자기 자신의 생각을 정확하게 전달한다는 것은 단순히 다른 사람에게 자신을 이해시키기 위해서 뿐만이 아니라 서로를 함께 이해하기 위해서도 반드시 필요하다. 즉, 인간관계를 원활히 하기 위해서는 상호이해가 필수이지만 문장을 쓰는 기술은 반드시 갖춰야할 기술인 것이다." 어떤가. 핵심문구가 32자, 그 설명 150자를 합하면 182자다. 물론 글자 수가 완전히 맞아 떨어지지는 않지만 한 분할을 200자 플러스마이너스 20퍼센트, 즉 160에서 240자 정도로 정리하는 훈련을 해두면 좋을 것이다.

099 '나도 그렇게 생각한다'는 식의 논거 없는 감상문을 쓰지 말자

문장은 짧으면 짧을수록, 또 간결하면 간결할수록 좋다고 생각하자. 따라서 감상문처럼 "나도 그렇게 생각한다" 또는 작문처럼 "어제는 날씨가 좋았다"라는 식의 정경을 서술하는 것은 금해야 한다. 이것은 결혼식의 사회자가 서론을 주저리주저리 늘어놓는 것과 같은 것이다. 사실은 감상문이나 작문에서도 단순한 감상이 아니라 자기의 의견이라고 하는 형식을 앞에 두어야 한다. 그러나 대부분의 경우, "텔레비전에서 이렇게 말했으니 나도 이렇게 생각한다"라는 식으로 말하지만 이것은 절대 잘못된 방법이다. 반드시 "나는 이렇게 생각한다, 왜냐하면 이유는 이러이러한 것이다"라고 말해야 한다. 물론 이 의견에 대해서는 반론이 있을 수 있을 것이다. 그러나 그 반론에 대해서도 "나는 이런 논거로 그 반론이 일면적이라고 생각한다" 이런 정도의 내용을 확실히 기재해 두어야 한다.

100 단문을 축적하면 장문이 된다

다섯 번째 법칙은 단문은 장문의 생명이라는 것이다. 지금까지는 단문을 쓰는 것에 대해 이야기 해왔다. 장문은 왠지 읽기 성가시다는 느낌이 들기도 한다. 그러나 사실 장문은 단문을 연결하여 이뤄진다. 문장은 기와를 쌓는 것과 같다.

전체의 큰 흐름이 있고 이 흐름을 대충 파악하여 쓸 수 있는 데까지 쪽 써내려 가는 사람이 있다. 그러나 상당히 숙달된 사람이 아니고서는 이런 방법으로 훌륭한 문장을 쓸 수 없다. 보통 사람들은 중간에 내용이 끊어지거나 전혀 다른 방향으로 나가 버리고 만다. 젊은이들을 포함한 현대인들의 쓰는 능력이 크게 향상된 것은 단문을 쓰는 힘이 향상되었기 때문이다. 단문은 쓸 수 있으나 장문은 어려운 것이라고 생각할 필요는 없다. 내용을 결정하는 키워드와 핵심문구로 작성한 단문을 여러 개 연결하여 전체의 목차를 작성해 나가면 어떤 장문의 글도 쓸 수 있게 된다.

구체적으로 어떻게 하면 될까. 긴 논문을 쓰려고 한다면 우선 하나의 논문을 세 가지 명제로 표현한다. 다음으로 그 세 개의 명제를 다시 세 개로 분할해 나간다. 명제란 바로 키워드와 핵심문구인 것이다. 장이나 절이 있는 문장에서 본다면 최초의 세 가지 명제를 장으로 나누고 또 그것을 다시 세 개의 절로 나누어 가는 것이다. 그렇게 하면 3개의 분할이 이루어진다. 그 하나를 400자 원고지 3장에 쓰면 전부 30매 정도의 장문이 완성된다. 그 3매로 구성된 절을 다시 세 개로 나누면 1항목 400자의 단문이 3개 만들어 진다. 이렇게 하나하나의 키워드와 핵심문구를 중심으로 1항목 400자의 단문을 써서 연결하면 큰 어려움 없이 장문을 완성할 수 있다. 그러나 이것은 책상 위에서의 계산이므로 막상 실천으로 옮기기는 그리 쉽지 않다고 생각할 지도 모른다. 그러나 나는 지금까지 여러 번에 걸쳐 문장을 전혀 써본 적이 없는 사람을 대상으로 이 방법으로 장문을 작성하는 실험을 행한 적이 있었다. 결과는 모두 성공이었다. 이렇게 단문을 여러 개 연결해 나가면 누구나 장문을 작성할 수 있게 된다.

102 예를 들어 '일본의 위험' 이라는 테마로 '목차' 를 만든다면

예를 들어 '일본의 위험'에서 위험을 테마로 목차를 만들어 보자. 우선 '1.세계는 위험을 벗어난 것인가', '2.현재 일본의 위험과 곤란', '3.앞으로의 세계와 일본의 위험' 처럼 크게 세 가지 키워드로 나눈다. 즉 장을 나누는 것이다. 다시 제 1장을 '1.1 사회주의가 붕괴되다.', '1.2 걸프전의 의미', '1.3 소비자본주의' 처럼 3절로 나눈다. 그 1절을 다시 세 개의 항으로 나눈다. 그렇게 하면 제 1장의 제 1절은 다음과 같이 완성된다.

1.1   사회주의가 붕괴되다.

1.1.1 전쟁국가가 소멸되다.

1.1.2 시장이 하나가 되다.

1.1.3 경쟁과 구조조정이 사회를 변화시킨다.

이 예는 테마가 크므로 예를 들어 1항목 400자의 3매 정도가 필요하다고 생각하고 써 나가면 1절은 9매가 된다. 이렇게 하여 3절을 써나가면 27매의 1장이 완성되고 3장을 모두 합하면 81매의 논문이 탄생된다. 테스트로 여기서 말한 절과 장에 대해 스스로 절과 항목을 나누어 보자.

1.2 걸프전의 의미

1.3 소비자본주의

2   현재 일본의 위기와 곤란

3   앞으로의 세계와 일본의 위험

나는 앞에서 현대인들의 쓰는 기술이 많이 향상되었다고 했다. 쓰는 기술이 향상된 이유는 확실히 나타난다. 현재는 18세 인구의 절반정도가 대학에 진학한다(전문대학 포함). 대학에 가면 누구나 논문이나 저서를 읽어야 하므로 어느 정도의 읽는 기술을 몸에 익혀 둬야 한다. 우리 부모님 세대, 또는 우리들 세대에는 대학에 진학하는 사람이 그다지 많지 않았기 때문에 두꺼운 커버의 책이나 연구논문 등을 읽을 수 있는 기회도 그만큼 적었다. 평생 한 번도 본 적이 없는 사람도 있었을 것이다. 어려운 연구 논문뿐만 아니라 서점에서 파는 평범한 책 한 권조차도 손에 쥐어 본 적 없이 일생을 보낸 사람도 있었을 것이다. 이에 비해 요즘의 젊은이들은 책을 읽지 않는다는 소리를 많이 듣기는 해도 책을 읽도록 강요받고 있다. 자기는 읽고 싶지 않아도 교사가 쓴 책 등을 참고도서로 읽어야 하는 경우도 있다. 그러므로 자연스럽게 책을 읽는 것에 익숙해져서 처음부터 도망가거나 절대로 책은 읽지 않겠다는 생각은 하지 않는다.

104 자기를 표현하는 기술은 읽음으로써 가장 잘 단련될 수 있다

143

1960년 이후에 태어난 사람들은 강요하면 일단 책을 읽기는 할 것이다. 이해하는지의 여부는 별도로 하고 또 이해의 수준도 제각기 다르겠지만 적어도 읽는 것을 두려워하여 피하거나 책에서 시선을 돌리려 하지는 않는다. 단지, 책을 읽어야 하는 필요를 크게 느끼지 않기 때문에 학점을 따고 시험을 보거나 또는 업무에 필요한 경우 이외에는 책을 읽으려고 하지 않는 것이다. 또 책 이외에도 정보를 획득할 수 있는 수단이 많이 있기 때문이다. 그러나 절대량으로 따지자면 1960년 이전보다는 현재에 훨씬 많은 수의 책을 읽는다. 이제 여기서 강조하고자 하는 바는 자기를 표현하는 기술의 기본이 되는 것은 읽는 것에 의해서만 단련된다는 사실이다. 사실 쓰는 기술이나 말하는 기술도 어느 정도는 그 사람이 지금까지 무엇을 읽어왔는가 하는 경험이나 실적에 의해 뒷받침된다. 활자의 경험에는 영상이나 소리 등의 경험과 바꿀 수 없는 무엇인가가 있다.

105 책을 읽음으로써 더 넓은 세계를 경험할 수 있다

우리가 개인적으로 경험한 세계는 매우 협소한 것이다. 그 좁은 세계만을 경험하고 알아간다면 자신을 표현하는 기술도 크게 한정될 것이다. 만일 상대방과 공통점이 없는 경험을 갖고 있다면 경험을 기본으로 서로를 이해할 수 없을 것이고, 게다가 상대를 설득하는 것은 더더욱 힘든 일일 것이다. 즉 사람에게는 공통된 세계가 있을 수 있지만 책을 읽지 않고는 모든 사람과 서로 통하는 길을 습득할 수 없다. 또 책을 통하지 않고는 앞으로 자기가 나아가고자 하는 방향이나 이런 사람이 되고 싶다, 이런 일을 하고 싶다는 등의 미지의 세계에 접할 수 있는 방법이 없다. 나는 도서 중, 소설의 가치는 미지의 세계를 알게 된다는 점에 있다고 생각한다. 소설이란 정치나 경제 혹은 문화, 사람의 감정이나 연애, 욕망 등 무엇으로든지 표현될 수 있다. 소설은 이런 사람들에게 공통된 세계를 표현할 수 있게 한다. 그러나 소설 중에는 독자와의 접촉을 부여하지 않고 좁은 범위에서의 개인의 감정이나 모호한 것들을 베이스로 한 것도 있다. 이것을 변화시킨 것이 바로 시바 료타로(司馬遼太郎)이다.

106 시바의 소설은 모든 경험을 문자라는 매체로 나타낸다

예를 들어 시바의 《공해의 풍경》은 사상을, 《신사태합기−新史太閤記》는 ‘인간사’를, 《풀꽃의 바다》는 ‘러·일외교사’를, 《언덕 위의 구름》은 ‘러·일 전쟁’을 각각 대상으로 하여 다른 어떤 연구서보다 사실적인 표현을 하고 있다. 정치논문, 철학논문, 전쟁논문, 역사논문에서는 표현할 수 없는 세계를 그려낸 것이다. 시바는 소설이 세계에 있는 모든 경험을 문자를 통해 표현할 수 있는 매체라는 것을 실증해 보였다. 이런 의미에서 보면 소설을 읽지 않는 사람은 미지의 세계나 자기가 원해도 닿을 수 없는 곳에 있는 세계에 대해 관심이 없는 것이다. 소설을 읽고 싶다는 생각은 '자기가 이렇게 되고 싶다'거나 또는 '이렇게 하고 싶다'라는 것들과 상당히 밀접한 관계를 갖고 있다. 소설을 읽지 않는 사람은 단적으로 말해 창조, 상상력이 없는 사람들이 아닐까. 그러나 시바의 것과 같은 소설은 아직 소수파에 지나지 않는다.

107 소설만 읽는 독서취미가 소설의 기능성을 차단하고 있다

거꾸로 소설만 읽는 데서 오는 폐해도 있을 수 있다. 일반적으로 통용되고 있는 소설들은 개인의 일상생활 가운데서 느껴지는 기분 등을 기본 바탕으로 씌어진다. 여기서 나타나는 것이 자기의 주변세계, 자기의 감정이나 일상경험에 밀착된 사실 등이다. 따라서 연애소설이나 개방소설이 주류가 되며 이런 것들을 주로 읽는 사람들이 소설파의 주류가 된다. 이들은 정치나 경제, 사상이나 문화양식과 같은 사회현상에는 그다지 관심이 없고 경험세계에서의 좁고 얕은 인간관계에만 관심을 갖는다. 본래는 소설을 읽으면 정치나 경제, 문화를 포함한 인간을 둘러싼 모든 세계에 대해 알 수 있어야 한다. 그러나 일반적으로 접하게 되는 소설에는 이러한 것들로 인도하는 입구가 될 만한 것이 그다지 많지 않다. 오히려 정치나 사회를 피하여 자기의 내적 세계 속으로 숨어드는 현상이 일어나고 있다. 그러나 친한 사람들 사이에 느끼는 기분만을 음미하며 살 수는 없는 일이다. 이러한 좁은 영역에서의 소설에 대한 관심이 소설의 가능성을 배제시키는 결과를 가져온다.

108 어떤 책을 읽는 것이 좋을지는 어느 정도 읽어보지 않으면 알 수 없다

매일, 매월, 매년 방대한 양의 책이 출판되고 그 중 대부분은 서점에서 소리도 없이 사라져간다. 이런 책들 가운데 어떤 책을 읽는 것이 좋을지 선택하는 일은 상당히 어려운 문제다. 인생도 그렇지만 자기가 어떤 사람이 되고 싶다거나 어떤 것을 하고 싶다고 하는 것은 어느 정도 해보지 않고서는 알 수 없다. 책도 이와 마찬가지다. 어느 정도는 여러 가지 책을 읽어봐야 어떤 책이 좋은지 알게 된다. 무언가를 배울 때도 일단 어느 정도는 배워봐야 배우는 의미를 깨닫게 되고 배우는 즐거움도 알 수 있다. 처음부터 만인에게 통용되는 책이라고 해서 반드시 재미있다고는 할 수 없다. 이 문제는 이제 막 독서를 시작한 사람이나 또는 시작하려는 사람에게 있어서는 기술 외의 범위에 있는 것이라고 생각하는 것이 좋다.

109 대형 서점에서 가장 눈에 띄는 책을 산다

읽는 기술의 첫 번째 법칙은 사는 기술이다. 우선 대형서점에 들어가 가장 눈에 띄는 책을 산다. 눈에 들어온 책을 집어 들고 책장을 넘긴다. 눈에 띄었다는 것은 매우 중요한 것이다. 눈에 띄는 방법도 여러 가지겠지만 나는 다음과 같은 경험을 한 적이 있다. 시간을 때우기 위해 오사카의 교쿠시쯔(旭室) 서점에 들어갔을 때의 일이다. 헌책방에서 팔아도 될 만큼 낡은 책 두 권이 내 눈에 들어왔다. 그런데 왜 내 눈에 뜨인 것일까. 과연 어떤 책일까. 나는 바로 책을 꺼내 구입한 후 설 연휴 내내 읽어보았다. 그 책은 모토오리 노리나가(本居宣長)의 자녀인 하루니와(春庭)에 대한 픽션 평전으로 국학을 '문법'이라는 새로운 영역으로 계승하기 위해 필사적으로 노력했던 노리나가의 행적을 그린 것이었다. 정말 재미있는 책이었다. 또 작자는 다치가와(立川) 문고를 소개한 아시타츠 겐이찌(足立券一)였는데 정말 재미있었다. 이렇게 책과 독자 간의 절묘한 만남도 있을 수 있는 것이다. 책이 많은 대형서점에서 가장 눈에 띄는 책, 바로 그것이 포인트다.

110 책은 직접 사서 주변에 둔다

두 번째 법칙은 자신이 직접 돈을 지불하고 책을 구입하라는 것이다. 책을 읽고자 한다면 도서관이나 친구, 또는 교사에게 빌려 읽을 수도 있다. 그러나 자기 자신이 직접 구입하지 않으면 아무 소용이 없다. 제 돈을 들이지 않으면 절대로 책을 즐기거나 활용할 수 없다. 이것은 세 번째 법칙과도 연관되는 이야기이지만 책 한 권에 대단한 정보가 들어 있지는 않기 때문이다.

책은 장식용이나 업무를 위해, 또는 오락이나 다양한 인생을 경험하는 대용물 등의 다양한 용도로 사용되지만 정보원으로 사용되는 경우는 매우 드물다. 또 책 한 권에 지식이 가득 차 있거나 다양한 정보가 축적되어 있는 경우도 거의 없다. 그러므로 '이것은 도움이 되겠는걸' 하고 생각한 각 부분에는 반드시 밑줄을 긋거나 책갈피를 꽂아 두거나 또는 그 장을 조금 접어 두어 필요할 때마다 바로 이용할 수 있는 상태로 만들어 둘 필요가 있다. 또 자신을 위해서 항상 가까운 곳에 둬야 한다.

세 번째 법칙은 키워드와 핵심문구를 찾아내는 것이다. 두 번째 법칙의 연장일지도 모르지만 서적을 통해 이것을 하나의 경험으로 자기 안에 정착시키기 위해서는 수차례 책을 참조해 보거나 업무에 연결시켜 사용해 볼 필요가 있다. 그러나 이것은 자기의 책을 통해서만 가능하다. 도서관에서 소장하는 책은 도장을 찍거나 접어서는 안 된다. 물론 친구의 책도 마찬가지다. '마음에 드는 걸' 하고 느꼈던 책은 반드시 가까운 곳에 둬야 한다. 재미있는 것은 마음에 두는 책을 가까이 뒀을 때 반드시 참조할 수 있는 기회가 온다는 것이다. 따라서 '사용할 수 있겠다'라고 생각했던 항목은 반드시 접어 표시해두고 핵심문구 부분에는 빨간 색으로 선을 그어 쉽게 참조할 수 있게 해두자. 그러나 너무 많은 문구를 골라 놓으면 오히려 책의 핵심부분을 잃게 된다. 다니자와 에이이찌(谷澤永一) 씨는 1권의 정보량은 세 가지 명제로 압축할 수 있다고 말했다. 책에 따라 다르겠지만 엑기스가 되는 부분을 표시할 수 있는 기술도 함께 습득하도록 하자.

자신이 직접 책을 산다는 것은 모처럼 자기 돈을 지불하고 구입했기 때문에 신중한 자세로 책을 읽게 된다거나 자기 물건이기 때문에 소중히 생각하게 된다는 등의 이유에서 뿐만이 아니라 재사용을 위해서도 꼭 필요한 일이다. 비록 다 읽은 책이라도 그 책은 계속 살아있기 때문이다. 게다가 사회주의가 붕괴된 지금의 사회에서 다 읽은 책의 대부분은 헌책방에서조차 취급하지 않으려 하는 무가치한 물건으로 여겨진다. 그러나 나는 이렇게 빈곤한 장서를 의지하여 참으로 다양한 일을 수행해 왔고 지금도 하고 있다. 이런 경험이 종종 있었기 때문에 그 어떤 책도 헌책방에 내다 팔 수 없었다. 사람들은 책이 담고 있는 정보량이 의외로 빈약하다고들 말한다. 그러나 어떤 책이든 자기가 생각하고 있는 이상의 것들을 수록하고 있다는 것이 나의 솔직한 심정이다. 설사 내가 생각한 것을 쓰려고 해도 책에서 저자들이 쓴 것만큼 잘 표현되지 않는다. 그래서 나는 지금까지 한 권의 책도 팔 수 없었다.

113 분야별로 좋아하는 저자를 파악해 둔다

네 번째 법칙은 좋아하는 저자를 파악하는 것이다. 그러나 상당히 많은 양의 책을 읽은 후에야 좋아하는 저자를 발견할 수 있다. 열심히 찾아본다면 자기와 꼭 맞는 사람이나 선생님으로 섬기고 싶은 사람들을 찾을 수 있게 될 것이다. '정치 문제라면 그 사람에게 물어 보고 싶다', '경제 문제에 대해 이 사람은 뭐라고 말할까', '연애 문제는 그 사람에게 물어보면 어떻게든 해결책을 제시해 줄 거야' 라는 식으로 다양한 분야에서 자기가 좋아하는 각각의 전문가들을 파악해 두는 편이 좋다. 나는 나이도 나이이니 만큼 오랜 기간에 걸친 독서력을 지니고 있으므로 대략 30명 정도의 좋아하는 저자를 파악하고 있다. 그렇다고 특별한 것을 하는 것은 아니고 단지 그 사람의 저서는 모두 구입해보자라는 정도다. 그 중에는 물론 젊은 사람도 있다. 그 사람이라면 어떤 식으로 말할까하는 생각이 들면 곧장 15,000원 정도의 책을 한 권 구입하여 2, 3시간에 걸쳐 읽어본다. 그러면 바로 핵심을 파악할 수 있게 된다. 물론 전화로 직접 물을 필요도, 강연회에 직접 찾아가 만나야할 필요도 없다.

114 좋아하는 저자의 책은 사고방식이 비슷하기 때문에 금방 읽을 수 있다

대부분의 경우, 좋아하는 저자와 자기와는 사고 패턴이 상당히 닮아있다. 이것을 사고방식이 같은 사람이라고 표현해도 좋을

것이다. 이렇게 자기와 사고생리가 같은 사람은 반드시 존재한다. 당신도 발견해 보고 싶지 않은가?

책을 읽는 데는 상당한 시간이 소요되고 심지어 고통스럽게 느껴질 때도 있지만 사고생리가 같은 사람의 책이라면 아무리 바쁘다 해도, 화장실에 가는 시간을 이용해서라도 금세 읽게 된다. 이런 사람들의 책은 읽고 밑줄을 긋고 책장에 고이 모셔둔다. 그렇게 하면 왠지 안심을 느낀다. 마치 지적담보와도 같은 것이다. 또 자기를 지탱해 주는 것들이 늘어났다는 기분까지 들게 된다. 이것은 정신적으로도 많은 도움이 된다. 내가 좋아하는 저자들은 가이코 겐(開高 健), 다니자와 에이치(谷澤永一), 시바 료타로(司馬遼太郎), 후지사와 슈헤이(藤澤周平), 하세가와 게이타로(長谷川慶太郎), 와타베 쇼이치(渡部昇一), 마루야마 마사오(丸山正男), 요시모토 다카아키(吉本隆明), 소노 아야코(曾野綾子), 나카야 아키히로(中谷彰宏), 오니시 교진(大西巨人), 미야사와 이치사다(宮崎市定), 고니시 신이치(小西甚一), 나카무라 유키히코(中村幸彦)······ 여러분은 어떻게 생각하는가?

읽는 기술의 다섯 번째 법칙은 과감히 저자에게 편지를 쓰는 것이다. 지식이란 모두 조금 씩은 잘난 체 하는 성격을 갖고 있다. 말하자면 모든 사람들은 '이것은 바로 내가 발견한 것이다', '이것은 바로 나만의 표현이다' 라는 식으로 생각하고 싶어 한다는 것이다. 그러므로 좋아하는 저자가 있거나 훌륭한 서적을 읽었다면 과감히 자기의 감상을 적어 저자에게 보내 보는 것도 좋다. 지나치게 바쁜 사람이 아니라면 대부분의 저자들은 반드시 어떤 반응을 보인다. 저자란 독자의 반응과 의견에 굶주려 있는 사람들이다. 저자로부터 답장을 받은 독자는 책에 대한 이해가 배가되는 듯한 느낌을 갖게 되는데 바로 이 느낌이 중요하다. 독자는 이것에 힘입어 다시 책을 찾게 되는 것이다. 또 이해가 깊어지는 계기가 될 수도 있다. 저자와 직접적인 관계를 가질 필요는 없다. 그러나 개인적으로 어떤 접촉이 있었다고 하는 생각은 책을 읽은 기술을 크게 향상시킨다.

116 "대단하다!"라고 감탄했던 저자에게 반년 후에는 "대체 이게 뭐야!" 라는 실망을 한다

과거에 나와 나의 동료들은 자기가 근무했던 연구실의 선생님들이 쓴 논문을 몰래 읽곤 했었다. 왜냐하면 당시의 상식으로는

노골적으로 드러내놓고 읽는 것이 큰 실례였기 때문이다. 논문을 읽고 난 우리는 모두 '정말 대단하구나!' 하고 감탄하며 선생님의 발언이나 충고지시에 대해 '이러이러한 문맥으로 말씀하시는구나' 하며 마치 이해하는 듯한 느낌을 받곤 했었다. 그러나 수개월이 지난 후에 다시 보면 '뭐야, 겨우 이 정도 밖에 안 되는 거였나? 그런데 그 때는 왜 그렇게 감동을 받았던 것일까?' 하는 생각이 강하게 밀려온다(시간차에서 오는 평가의 격차는 어쩔 수 없는 것이다). 이런 사례에서 보더라도 저자에 대한 감탄이나 읽고 난 후의 좋은 감정을 편지로 써서 보내면, 설령 답장이 오지 않는다고 해도 저자와 개인적, 정신적으로 연결되어 있다는 느낌을 받게 되어 은근히 자기 자신의 지적 즐거움이나 읽는 즐거움을 향상시켜준다. 이런 것들은 틀림없이 인생의 활력소가 되어 줄 것이다. 단 직접 만나러 가는 것은 삼가는 것이 좋다.

117 상대방에게 무관심하다면 무관심한 반응을 당하는 것이 당연하다

지금의 젊은이들은 연기에 능숙하다. 텔레비전이나 그 외 여러 가지 공연에서도 매우 능숙한 연기를 보이고, 대학에서의 발표도 능숙하게 해낸다. 그러나 요즘 젊은이들이 남의 눈에 띄는 것은 좋아하는 반면에 스스로 주도하여 무엇인가를 이루려는 생각은 그다지 하지 않는 듯하다. 오로지 자기 자신에만 관심을 갖고 타인이나 사회, 세계에 대해 무관심한 사람에게는 다른 사람들도 무관심하게 반응한다는 것이 이 세상의 법칙이다. '어떻게 되든 상관없다'는 태도로 일관하는 사람들에게는 "어떻게 되든 상관없다"는 태도가 되돌아온다. 다른 사람에 대해서 어떤 식으로 표현하면 좋을지에 대해 고려하지 않는 사람, 또는 그런 생각조차 갖고 있지 않은 사람은 다른 사람에게서도 냉정한 대우를 받게 된다. 먼저 나에게 무엇인가 말해주면 나도 무엇인가 말해주겠다 라는 생각은 최악의 부류이다. 자기가 표현하여 세계를 움직여야 한다. 자기의 표현이 상대방을 감동시킬 수 있다. 바로 이런 생각이 중요하다. 자기가 무관심하면 상대방도 무관심하게 대응하는 것이 오히려 당연하지 않겠는가.

118 자기 인생을 직설적으로 연기하는 힘을 기르고 싶다

연기에서 가장 중요한 것은 자기 자신의 '인생'을 직설적으로 연기하는 힘을 기르는 것이다. 여기서 자기의 '인생'이란 현실의 인생뿐만이 아니라 자기가 상상하는 가공의 인생, 희망의 인생을 포함한다. 연기할 수 있는 가장 큰 무대는 말할 것도 없이 앞으로 다가올 '미래'다. '이런 자신이 되고 싶다', '이런 것을 해

보고 싶다' 와 같이 '꿈'을 현실화 시킬 수 있는 힘이야 말로 연기력을 향상시키는 원천이 된다. '모두를 대신해서 하는 것뿐이다' 라든가 '당신이 요구하므로 응하는 것뿐이다', '면접이기 때문에 할 수 없이 한다' 는 식으로 상황을 모면하기 위한 연기는 좀처럼 향상되지 않는다. 그러나 가장 나쁜 것은 '모두가 함께 간다면 두렵지 않다' 라는 식의 다수연합형 퍼포먼스이다. 모두의 의견이라는 그늘에 숨어 자기 나름대로의 매너는 조금도 표현할 필요가 없기 때문이다.

119 서비스 시대, 서비스 정신이 결여된 사람이 많아졌다

연기하는 기술의 제1법칙은 서비스 정신이 결여된 연기력은 있을 수 없다는 것이다. 주변을 즐겁게 해주자. 파티를, 수업을, 직장을 또는 가장 일반적으로 세상을 즐겁게 해주는 서비스 정신은 누군가가 자기보다 먼저 자기를 사랑해 주기를 원하는, 즉 상대방에게 사랑을 구하기만 하는 '구애의 시대' 인 현대에 가장 결여된 정신이기도 하다. 모두 상대방이 먼저 자기를 즐겁게 해주기만 기다리고 있지만 이것은 있을 수 없는 일이다. 상대방이 재미있는 이야기를 해주기만을 기다리고 있어서는 안 된다. 재미있는 이야기를 듣고 싶다면 자기가 먼저 재미있는 이야기를 준비해야 한다. 나는 앞에서 '식탁에서는 반드시 한 가지 정도의 농담을 해야 할 의무가 있다. 농담을 할 줄 모르는 사람은 식탁에 앉지 말라'고 했던 아키고 켄(開高健)의 말을 소개한 적이 있다. 단지 접시만 들고 식사가 나오기를 기다리는 것은 먹이가 나오기를 기다리는 개나 고양이 같은 가축과 다를 바가 없다. 원래 가축은 먹이를 주는 주인에게 아첨이라도 떨지만 접시를 들고 단지 기다리기만 하는 사람은 '먹어 준다'는 식의, 오히려 자기가 은혜를 베푸는 듯한 태도를 취하고 있는 것이다.

　이런 태도로는 연기하는 기술을 몸에 익힐 수 없다. 서비스 정신이 결여된 사람은 다른 사람으로부터도 서비스를 받을 수 없다. 자기가 먼저 상대방을 즐겁게 해주겠다는 정신이 없으면 상대방으로부터도 즐거움을 얻을 수 없고 도움이 될 만한 정보도 얻을 수 없다. 이 뿐 아니라 아무도 상대하려 하지 않는다.

120 "아무도 나를 이해해 주지 않는다"는 식의 응석은 통하지 않는다

　두 번째 법칙은, 최악의 사고란, 상대방이나 세상이 자기를 이해해 주지 않는다고 생각하는 것이다. '내가 어떻게 한들 남들은 나를 이해해 주지 않는다', '사회가 나를 받아 주지 않는다', '나는 어른들의 생각 따위는 알지 못한다', '어른들이 어떻게 젊은이들의 생각을 이해할 수 있겠는가'라고 생각하는 동안에는 '아직도 어린아이처럼 응석을 부리고 있구나'라고 생각하면 된다. 물론 자기를 이해해 주지 않는 사람도 있을 수 있고, 학교나 사회가 종종 자신에게 무관심한 것처럼 보이기도 한다. 그러나 사실 문제는 아무에게도 이해받지 못한다고 생각하는 그 사람 자신에게 있고, 또 이런 사람들 자신이 사회나 상대방을 이해하려 하지 않는 경우가 많다. 이런 사람들은 남을 이해하는 귀찮은 일 따위는 할 필요가 없다고 생각하고 있는지도 모른다. 감나무 밑에서 감이 떨어지기만 기다리듯이 주변에서 먼저 자신을 이해해 줘야 한다는 식의 사고방식은 가장 형편없는 것이라 생각한다.

121 우정은 '서로 이해할 수 있다'는 '가설'을 바탕으로 성립된다

상대방에게 이해받기를 원한다면 먼저 '상대방을 이해하자', '인간을 이해하자', 그리고 '이 사회와 세계를 이해하자'라고 생각하고 이를 실천해 나가는 것이 중요하다. 또 이 경우에는 '서로 이해할 수 있었다'라고 간단히 생각하지 않는 것이 중요하다. 어떤 사람과 내가 서로 잘 알고 있다고 해도 그것은 서로에 대한 모든 것이 아니라 극히 일부분일지도 모른다. 오랜 기간 부부로 살아왔다고 해도 서로 진심으로 마음이 통했다고 생각하는 경우는 거의 없다. 그러나 '부부란 서로 마음이 통하는 존재이다' 라는 '가정' (=조건) 하에서 결혼 생활을 보내는 것이다. "나와 그 사람은 마음이 서로 통한다."라고 생각할 수 있는 관계가 우정일 것이다. 우정은 나와 매우 가까운 사람들과의 관계다. 여기서 조금 더 범위를 넓혀 내 주변의 사람들, 그리고 조금 더 넓게 사회에 대해 내가 이렇게 표현하면 이에 대해 이렇게 반응해 주겠지 하는 '가설' 을 세우고 자기 자신을 표현하거나 연기하는 것이 중요하다. 작가 가운데는 '자기가 쓴 것을 세상이 받아들이지 않는다(즉 팔리지 않는다).', '이해해주지 않는다' 또는 '독자의 능력이 낮기 때문이다' 라는 식으로 생각하는 사람들이 있다. 그러나 이것은 잘못된 생각이다. 먼저 자기의 표현 방법이 나쁘다거나 상대방을 설득하기 위한 자신의 매너가 나쁘다고 생각해야만 하는 것이다.

122 매너는 절대 필요하다. 그러나 매너를 깨는 것도 매너다

세 번째 법칙은 매너와 스타일의 중요성이다. 성의만 깃들면 된다고 하는 경우가 있다. 화법이나 연기하는 방법, 또는 상대에 대한 매너는 어떻든 상관없이 성의만 깃들여 있으면 된다고 하는 사고방식이다. 그러나 실은 그렇지 않다. 사회에는 각각의 상황에 적합한 매너와 스타일이 있다. 물론 이것은 일정한 것이 아니라 시간과 장소, 나라나 지역에 따라 변하기도 한다. 그 때마다 시기적절하게 사용할 수 있고 또 상대방의 기분을 좋게 하거나 사회에서 이해받을 수 있는 매너와 스타일을 몸에 익혀둘 필요가 있다. 일류 유니폼을 입는 것이 매너인 경우가 있는가 하면 이와는 정반대인 경우도 있다. 매너에는 기존의 매너를 타파하는 매너도 있다. 모두가 정장 양복을 입고 있을 때 나만 캐주얼 스타일이라면 '앗' 하고 당황하게 된다. 원래 캐주얼 스타일이 이상한 것은 아니지만 다른 사람과의 매치가 중요한 때도 있는 것이다. 매너는 공통의 룰이지만 다 같은 것은 아니다. 여기서 개인의 연기력이 생겨나는 것이다.

123 매너는 '사회'에서 자립해 살아가면서 더욱 훌륭하게 몸에 익힐 수 있다

매너를 익히는 것과 동시에 매너를 전달하는 것도 중요하다. 무엇보다 자기의 자녀들에게 우선 가르치고 싶다. 그러나 이것은 쉬운 일이 아니다. 옛날에는 매우 엄격한 예의를 지켜 행동했지만 지금의 아이들은 그렇지 않다고 탄식하는 사람들이 많이 있다. 그러나 적어도 나는 부모님이나 가족들로부터 매너를 배

우려고 노력한 기억이 없다. 그리고 부모님들의 세대에 매너 따위에 대해 말할 수 있는 사람조차 없었던 것도 사실이다. 나도 내 아이들에게 한 번도 매너를 가르쳐 본적이 없다. 빨리 집에서 내보내 '사회' 속에서 매너를 익힐 수 있는 기회를 부여해 주려고 한다. 이것이 반드시 성공한 방법이라고 할 수 없지만 적어도 어디에 나가도 두려움 없이 활동할 수는 있게 되었다고 말할 수는 있을 것 같다. 오히려 곤란한 것은 집안에서만, 동료 사이에서만, 사회 내에서만 통하는 '매너'를 시종일관 고집하는 경우일 것이다.

124 항상 자기보다 어린 사람을 도와준다

네 번째 법칙은 어린 사람들에게 친절해야 한다는 것이다. 이것은 학생들에게는 그다지 관계없는 일처럼 생각될지도 모른다. 그러나 지금은 학생일지라도 사회에 나가 2, 3년만 지나면 그들에게도 후배가 생긴다. 언제까지나 자기가 가장 어린 사람인 것처럼 생각해서는 안 된다. 어린 사람들에게 친절하게 대한다는 것은 소중하게 생각한다는 뜻이다. 물론 젊은이들은 추켜세우기만 해서는 안 되겠지만 어린 사람들이 갖는 부족함과 서투름을 책망하기만 할 것이 아니라 뒤에서 후원하며 기운을 북돋워 줄 수 있는 사람이야말로 진정한 어른인 것이다. 그러나 이런 태도를 취할 수 있는 사람은 그리 많지 않다. 뒤에서 따라오는 사람을 소중히 하고 젊은이들에게 관심을 가질 줄 아는 사람이야말로 사회에 꼭 필요한 존재다. 친절하게 대한다는 것은 어리광을 받아준다는 것과는 다르다. 그것은 자기보다 어린 사람의 장점을 칭찬해주고 키워주는 것이다. 이렇게 어린 사람들을 후원해주면 이들은 연장자를 보고 배우면서 따르게 된다. 자기가 젊다고 생각하는 동안에는 좀처럼 어린 사람에 대해 이런 태도를 취하기 어려울지도 모른다. 소위 말하는 어른 연령인 30대 정도가 되면 그렇게 되고 싶어질 수도 있다. 연장자가 연소자를 후원하는 것을 멀리 내다보는 관점에서 말하자면 전통이나 관습의 계승이라고도 할 수 있다. 그러나 단지 나이가 어린 사람들과 교제나 친절만으로는 곤란하다. 물론 자기 자신의 기량도 항상 연마해 나가야 한다. 매력 있는 사람만이 젊은이들을 불러 모을 수 있다.

다섯 번째 법칙은 자기를 좋아해주는 연장자를 사귀는 것이다. 네 번째 법칙에서 말한 것과는 반대로 보일지도 모른다. 그러나 이것은 상호관계다. 연하들 처지에서도 자기편이 되어 소중히 생각해 주고 매너나 스타일을 가르쳐 주는 연상과 교제하는 것은 매우 중요한 일이다. 말로 가르쳐 줄 뿐만 아니라 말하는 방법이나 쓰는 방법 등, 살아가는 데 필요한 여러 가지 측면에서 '교사' 가 되어 줄 수 있는 윗사람 말이다. 특히 좋은 것은 술을 함께 마셔주는 선배다. 여기서 매너가 나오기 때문이다. 술자리에서 환영받을 수 있는 젊은 사람들이 '오늘은 선배가 와 있지 않을까' 하는 생각을 하게 되는 것은 결코 쉬운 일은 아니다. 나는 젊은 사람들이 자기또래의 사람들과만 교제할 것이 아니라 술자리라고 하는 인간감정을 도출하는 자리에서 좋은 연장자들과 어울리며 교제해야 할 필요를 통감하고 있다. 좋은 술자리는 연기력을 기르는 최적의 장이 될 수 있다.

126 오픈마인드와 서비스 정신

우리는 연기라고 하는 것을 어떤 하나의 형태에 끼워 맞추어 배워야한다고 생각하기 쉽지만 사실은 그렇지 않다. 의지가 될 것처럼 보이는 부모님을 포함하여 가능한 많은 연상의 사람들로부터 좋은 것들을 배워가는 자세가 중요하다. 이를 위해서는 연상들 중에서 '좋은 스타일' 을 발견할 필요가 있다. 아울러 더욱 중요한 것은 연상들로부터 많은 것을 받았다면 연하들에게 이에 상응하는 것들을 물려줄 수 있는 스타일이다. 물려준 연상에게 갚으라는 것이 아니다. 연상에게 받는 것에 상응하는 것을 연하에게 사용하면 되는 것이다. 사람은 이기적인 동물이므로 한번 손에 넣은 것은 다시 내어 놓기 싫은 법이다. 그러나 사람이 진정 사람다운 때는 무엇을 만들기보다 받은 것을 나누어 주는 훌륭한 소비를 할 때이다. 자기를 위해 사용하는 것은 소용없다. 경마에 1천만 원을 걸 수 있는 사람이라면 우선 500만 원은 남을 위해 사용하고 남은 500만 원을 자기를 위해 사용한다는 식의 열린 마음으로 사회라고 하는 무대에서 연기하는 서비스 정신이 왕성해지기를 바란다. 이것은 매우 즐거운 일이다.

즐겁게 일하는 기술 중에서도 가장 중요한 사항은 자기가 한 일이 제대로 평가되고 있는지 관찰하면서 일에 임하는 것이다.

5 자신이 하고 싶은 것을
실현하는 시간의 기술

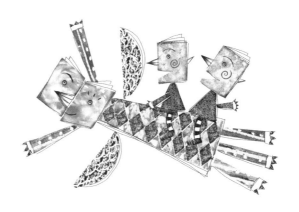

물론 자신이 하고 싶은 일을 실현하기 위해서는 다양한 기술이 필요하지만 가장 중요하게 여겨야 할 것은 시간이다. 사람들은 보통 시간은 똑같은 단위로 구분되어 있으며 똑같은 속도로 간다고 생각한다. 하지만 그런 객관적인 시간은 존재하지 않는다고 생각하는 편이 좋다.

우리는 미래에도 시간은 항상 있을 것이라 생각한다. 그 정도는 아니더라도 적어도 시간이 반드시 있을 거라고 믿는다. 열 살짜리 아이든지 서른 살 청년이든지 육십, 팔십이 된 노인이든지 자신에게는 '다음 기회'가 반드시 있다고 믿는다. '다음 기회'를 무한히 연결시키면 '영원'이므로 다음 기회가 항상 있다고 믿는 것은 미래에는 시간이 영원히 있다고 믿는다는 뜻이다.

우리는 이와는 반대로 과거의 시간은 눈 깜짝할 새, 즉 '순간'이라고 생각한다. 심리학적으로 '순간'은 아무리 많이 모아도 여전히 '순간'일 뿐이다. 생각해 보면 인간은 옛날부터 있던 '순간'의 영원과 아직 오지 않은 '영원'의 순간 사이에 있는 것이다.

대학에 입학했을 당시에는 4년이 매우 길게 느껴졌지만 졸업한 후에 그 시절을 돌아보니 무척 짧게 느껴진다던지 하는 경험은 당신도 있을 것이다. 시계로 재는 시간은 과거이든 미래이든 상관없이 일정하다. 하지만 우리의 감각은 시간이 줄어들거나 늘어나는 것처럼 느끼곤 한다.

다시 말해 시간은 우리의 감각 속에서 늘어나기도 하고 줄어들기도 한다. 우리는 미래에는 시간이 무한히 있을 것처럼 생각한다. 그것이 바로 미래가 안고 있는 '기대' 라는 위험성이다. 반대로 과거는 순식간에 지나가 버렸다고 생각한다. 이것이 바로 과거가 안고 있는 '망각' 이라는 위험성이다.

그러나 과거는 그 시간동안 충실했든지 그렇지 못했든지 한 사람이 살아온 시간만큼의 물리적인 중요성을 갖고 있다. 과거나 현재를 똑바로 살지 않으면 미래 역시 순식간에 지나 버려서 망각하고 싶은 과거로 변해 버릴 것이다.

129 지금 이 순간 하고 싶은 일을 하기 어려운가

사실 아무도 시간이 영원히 많다고 생각하지는 않는다. 다만 현재 시점에서 보면 미래란 영원히 계속되는 것 같이 느껴져서 지금 당장 무언가 꼭 해야 할 필요가 없다고 생각한다.

내가 하고 싶은 일은 목전에 있으니 가까운 미래에 아무 때나 하면 된다고 생각하고 있지는 않은가. 이럴 경우, 자칫하면 순식간에 시간이 지나 버려서 나중에는 그 일에 손을 전혀 대지 못할 뿐 아니라 심지어 하고 싶은 일이 뭐였는지조차 잊어버리게 된다. 시간의 위험은 아무리 강조해도 지나치지 않다고 생각한다.

그러니 당신이 해야 할 일은 간단명료하다. 시간에 관해 가장 중요한 문제는 '지금 이 순간' 무엇을 하는지다. 하고 싶은 일이 뭔지 혹시 모르는가. 그렇다면 지금 당장 꼭 해야 하는 그 일이 바로 당신이 하고 싶은 일이라고 생각하라. 지금 당장 해야 하는 일이 무엇인지 생각해 보자.

130 하고 싶은 일을 먼저 해야 할까? 나중에 해야 할까?

이 문제는 어렸을 때 좋아하는 것을 먼저 먹을지 나중에 먹을지 선택하는 것과 같다. 어른이 된 후에도 하고 싶은 일을 먼저 할지, 아니면 그 일은 잠시 미뤄두고 해야 할 일을 먼저 할지 선택해야 하는 것도 마찬가지다. 괴테는 '낮의 노고, 밤의 쾌락'이란 말을 했다. 낮에 땀 흘려 일하고 난 후에 취미나 유흥을 즐기라는 의미다. 반대로 먼저 즐긴 다음에 의무를 수행하는 게 낫다고 생각하는 사람들도 있다.

요즘 젊은이들은 대부분 하고 싶은 일부터 먼저 한다. 손을 뻗쳐서 먼저 닿는 것부터 한 다음에 어쩔 수 없이 해야 하는 일을 한다. 이것이 요즘 젊은이들의 일반적인 특징이다.

만약 학생이라면 하고 싶은 일을 먼저 하고 해야 할 공부를 나중에 할 수 있겠지만, 직장 생활을 하면 그렇게 살 수가 없다. 직장에서 먼저 해야 할 일을 미룰 수 없기 때문이다. 그렇다면 괴테가 말한 대로 하면 되겠지.

아무래도 상관없는 학생이거나 그와 비슷한 상황이라면, 하고 싶은 일을 먼저 하든 나중에 하든, 각자의 성격과 가치관에 달린 일이기 때문에 어떻게 하라고 일괄적으로 충고하지는 않겠다.

어쨌거나 한 가지 분명한 사실은 누구나 시간만은 본인의 것이라서 자신의 의지대로 제어할 수 있다고 생각한다는 것이다.

131 죽은 시간, 사는 시간

인간사회에는 여러 가지 평등과 불평등이 병존하지만 보통 누구에게나 시간만은 평등하게 주어졌다고 생각한다. 그러나 나는 반드시 그렇지만은 않다고 생각한다.

시간이란 자기 의지대로 되는 동시에 제 힘으로는 절대 넘을 수 없는 것이다. 이 가장 좋은 예가 죽음이 누구에게나 반드시 찾아온다는 사실이다. 인간이 시간 아래서 평등하다는 말은 죽음이 반드시 찾아온다는 의미와 같다.

그러나 사람들은 보통 그렇게 생각하기보다 자기가 시간을 어떻게 사용하는지가 문제라고 생각한다. 하지만 하고 싶은 일에도, 해야 하는 일에도 항상 분명한 제한시간이 있음을 기억해야 한다.

인생의 제한시간은 바로 죽음이다. 다시 말해 인생에 죽음이 있는 한, 제한시간이나 한도 없는 시간은 존재하지 않는다.

그러므로 지금까지는 제한이 없는 것처럼 살아왔지만 이제는 자신이 분명한 시간의 제약을 받으면서 다음 단계로 향하고 있다는 사실을 인식하며 살았으면 한다. 그렇지 않으면 의미 없이 시간을 보낼 수밖에 없다. 내 표현으로는, 곧 '죽은 시간'이다.

132 9시부터 5시까지 일하는 시간을 즐겁게 보내는가? 힘들게 보내는가?

오늘이나 지금 당장 해야 할 일을 미루다 보면 같은 기회가 다시 오지 않는다고 생각하기 바란다. 오늘 해도 되고 내일모레 해도 된다는 마음가짐으로 살면, 시간은 순식간에 흘러가 버려서 결국 아무 것도 남지 않게 될 것이다. 다시 말해 죽은 시간을 살게 된다.

그렇다면 해야 할 일과 하고 싶은 일 중에 무엇을 먼저 할까? 제한시간이 있음을 고려한다면 해야 할 일과 하고 싶은 일이 일치하는 것이 최선이다.

하지만 일치하지 않을 경우에는 어떻게 해야 할까. 사회인이라면 업무를 포함하여 해야 할 일을 먼저 하게 될 것이다. 9시부터 5시까지 일하는 것은 똑같은데 그것을 의무로 생각하면 고통스러울 것이다. 지금 하는 일이 영원할 것처럼 지겹게 느껴지는 사람은 9시부터 5시까지의 시간을 매우 힘들게 보낼 수밖에 없다.

반대로 일할 수 있다는 사실이 기쁜 사람도 있다. 지금 직업이 없는 사람이라면 할 수만 있다면 9시부터 5시까지 일하고 싶을 것이다. 그리고 만약 직업을 갖게 된다면 일하는 시간을 매우 소중히 여길 것이다. 이럴 경우에는 해야 하는 일과 하고 싶은 일이 일치한다.

그러므로 되도록 지금 하고 싶은 일과 해야 할 일을 일치시키는 것이 최선이다. 마치 자신이 하고 싶었던 일을 하게 된 것처럼 말이다. 다만 현실적으로는 그런 일이 좀처럼 없다는 것이 어려운 점이다. 9시부터 5시까지의 시간을 즐겁게 보내려면 해야 하는 일을 하고 싶은 일로 느끼도록 본인 스스로 노력할 필요가 있다.

시간은 그 사람의 생각이나 희망과 강한 연관성이 있다. 그 희망이나 생각을 실현하기 위해서 도전하지 않으면 시간은 텅 빈 채로 허무하게 지나가 버릴 것이다.

즉, 의미 없는 죽은 시간이란 말이다. 그런 시간은 지나 버린 시간, 사라져 버린 시간, 다시는 돌아오지 않는 시간, 기회가 될 수 없는 시간이다. 단지 기억으로 남을 뿐, 그것도 후회스러운 기억 말이다.

생각과 희망을 실현하기 위해 도전하며 충실하게 지내다 보면 시간은 순식간에 지나가 버린다. 그러나 이 시간은 과거에 지나가 버린 죽은 시간이 아니라 지금도 계속 되는 시간으로 남아 미래로 돌진하는 원동력이 된다.

이미 실현된 희망은 과거의 시간에 포함되겠지만 단순한 추억과는 다른 농도 짙은 기억으로 남을 것이다. 현재를 충실히 살면 과거를 돌아볼 필요가 없다. 과거를 아쉬워할 필요도 없다.

134 '꿈'에 관련된 일을 하려는 사람은 예습을 주도적으로 하는 것이 좋다

학교 공부나 회사 일에서처럼, 예습복습을 주도적으로 하는 사람은 다른 사람과 전혀 다른 인생을 살게 된다. 복습, 즉, 이미 배운 내용을 한 번 더 정리하고 반복하는 것은 시간도 그다지 많이 걸리지 않으므로 효율적이다.

그러나 앞으로 하려는 일을 다방면으로 조사하고 준비하는 예습이란, 시간도 꽤 걸리고 노력도 필요한 작업이다. 그래서 대부분의 사람들은 학교에서 배운 것, 회사에서 한 일을 정리하고 복습하는 쪽을 택한다. 복습도 물론 필요하지만 내가 강조하고 싶은 것은 예습이다.

예습이란 아직 전혀 실현되지 않은 일을 위해서 시간을 쓰는 일이다. 다시 말해 꿈과 관련된 일이라는 말이다. 나는 예습 시간을 미래를 준비하는 시간 중 3분의 2 정도로 잡는 것이 좋다고 생각한다. 복습은 나머지 3분의 1의 시간을 할애하면 된다.

이렇게 살 수 있는 사람이라야 자기가 하고 싶은 일을 실현할 수 있음을 명심하기 바란다.

135 예습과 연습은 힘들지만 즐겁다

연습은 힘들고 어려운 일이다. 왜냐하면 막연하고 손에 잡히지 않기 때문이다. 무엇이 기다리는지, 어떤 문제가 튀어 나올지 추

측할 수 없는 것이 연습이다.

　그러나 연습을 계속하다 보면 실제로 잘 되든 안 되든 연습 자체가 무척 즐거워진다. 무언가 실현하는 것이 중요한 인생이지만 거기에 다다르는 과정 역시 즐거운 것이다. 다시 말해 과정이 즐거웠다면 꽤 훌륭한 인생이라 할 수 있다.

　과정이 아무리 즐거워도 결과가 좋지 않다면 어쩔 수 없이 괴롭겠지만, 아무리 결과가 나빠도 연습 자체가 즐거웠다면 제 나름대로 만족을 얻을 수 있다.

　물론, 연습을 죽어라고 안 하는데도 야구에 천재적인 소질이 있기 때문에 성적이 잘 나오는 경우도 있을 수 있다. 하지만 그 효과는 오래 가지 않는다. 피처로서 일본 제일의 승률을 기록했고 지금은 해설자로 일하고 있는 가네다 마사이치(金田正一)는 요즘 선수들은 달리기가 약하니 무엇보다 달리기 연습을 많이 해서 하반신을 튼튼하게 해야 한다고 자주 말했다.

　확실히 오랫동안 활약해 온 선수들은 기초훈련을 착실히 한다. 최근에는 이런 근성 일변도의 연습방법은 잘 채용하지 않는 듯하지만 그렇다고 연습을 게을리 하는 선수가 활약할 수 있는 것도 아니다. 오히려 거인인 구도 기미야스(工藤公康) 투수처럼 자기의 전속 트레이너를 데리고 다니는 등, 선수의 체질과 연령에 맞는 방법을 연구하여 자기 나름대로 연습하는 경우가 많다. 프로야구계 역시 연습을 많이 할수록 좋다는 이전부터의 고정관념을 버리고 합리적인 연습방법을 채택하고 있는 것이다.

　어떤 식으로 연습을 하는지는 중요하지 않다. 그러나 연습을 아예 하지 않거나 연습 도중에 즐거움을 느끼지 못하면 야구 자체를 결코 즐길 수 없음을 기억해야 한다. 요리의 진수는 먹는 데보다 만드는 데 있다는 말도 있지 않은가.

136 인생은 '운'이다. 인간만이 운이라는 막연한 것에 투자할 수 있다

　우리는 꿈을 위해 소중한 시간을 투자한다. 그런데 그렇게 투자해 온 인생이란 운이나 우연에 의해 크게 좌우된다. 이 점에 대해서 당신은 어떻게 생각하는가. 인생을 살다 보면 앞으로 무슨 일이 일어날지 알 수 없다. 그러므로 꿈에 투자한다는 것은 곧 막연하기 그지없는 운에 투자하는 일과 같다.

　사실, 예습하는 능력은 인간만이 지니고 있다. 예지 감각은 동물에게도 있지만 인간은 예지할 뿐 아니라 예습하고 미리 준비하면서 하고 싶은 일을 실현하기 위해 노력하는 존재다. 예습을 한다는 것이 헛된 일처럼 느껴질 수도 있다. 그러나 앞으로 어떤 일이 일어날지 예상하면서 꿈을 꾸는 능력은 인간에게만 주어진 것이다. 그 능력을 즐길 수 있는 존재 역시 인간뿐이다.

이렇게 인간이 꿈을 꾸는 능력을 지녔다는 것은 미래를 준비하되 그저 막연한 무언가를 좇는 것이 아니라 무언가 성취하려는 강한 의지를 지녔다는 말이다. 이 의지가 바로 '하고 싶다'는 마음의 힘이다.

137 인생이 풍요한 사람은 꿈꾸는 시간도 즐길 줄 안다

인생이 풍요한 사람이란 어떤 성과를 얻은 사람이 아니라 꿈꾸는 시간을 즐길 줄 아는 사람일 것이다. 돈을 많이 벌고 좋은 작품을 많이 만들고 좋은 친구를 많이 사귀었다는 등의 결과가 아니라 어떤 과정을 통해 좋은 친구를 사귀었는가, 작품이 만들어졌는가, 돈을 벌었는가, 이것이 가장 중요하다.

부모에게서 재산을 물려받거나 누워서 떡먹기로 무언가를 얻은 사람은 행운아인 것은 확실하지만 그 사람 자신에게는 그런 성과는 꿈도 아무 것도 아니며 이미 있는 것, 당연한 것에 지나지 않는다. 그런 것들 때문에 기쁨을 느낄 리가 없다. 그야말로 기득권일 뿐이다. 그래서 노력하여 무언가 실현하기보다 이미 있는 것을 소비하며 즐기다가 인생이 끝난다. 단지 즐겁게 사는 것이 자신의 꿈이라고 착각할 수도 있다. 그런 인생을 사는 사람에게는 충실한 시간은 결코 찾아오지 않는다. 그것이 바로 내가 경험을 통해 배운 법칙이다.

요즘 젊은 사람들은 스케줄을 잘 짜지 않는다. 앞으로 무엇을 할지에 대해 관심이 없는데다가 자기 인생은 항상 안전할 것이며 내일 역시 오늘과 똑같이 반복될 것이라고 생각하기 때문이다.

하지만 지구상의 어디를 가도 아침밥과 점심밥을 연속으로 무사히 먹을 수 있는 나라는 별로 없다. 일본의 젊은이들은 지금은 식욕이 없으니 점심은 거르겠다는 말을 간단히 하지만 이 세상에는 다음번 식사를 무사히 할 수 있다는 보증이 없는 나라가 대부분이다. 그러나 일본에서 평범하게 생활하는 한, 언제 먹든 언제 공부하든 결과는 비슷하다고 생각한다. 그래서 멍한 채로 인생을 보내게 되는 것이다.

꼭 1년, 한 달, 한주, 하루 단위로 스케줄을 세워 보기 바란다. 먼저 각자의 수첩에 처리해야 할 사항들을 기입해 보자.

특히 컴퓨터로 1년(한 달, 한주, 하루) 계획을 세울 것을 권한다. 아주 세부적인 부분까지 짤 필요는 없다. 스케줄이 꽉꽉 차 있으면 피곤하다고 생각할 수도 있지만 그렇지 않다. 한해의 전망을 정하고 메인플랜을 미리 세운 후, 한 해 동안의 계획을 대략 짜놓는다. 그 다음에는 이번 달에 할 일을 정하고 또 다시 이번 주에 할 일을 정해 놓는 것이다. 한 달이 끝나면 다음 달 계획을, 한주가 끝나면 그 다음 주 계획을 정한다. 그리고 마지막으로, 오늘 어디서부터 어디까지 실행할 것인지를 결정하면 된다.

이렇게 계획을 세우고 계획대로 살기 위해 노력할 수 있는가. 이와 같이 스케줄을 짜는 것과 실행을 하는지 못하는지에 따라서 삶의 실속이 달라진다. 이런 과정을 해마다 계속해 나간다면 다른 사람과 확연히 다른 성과를 얻을 수 있다.

하지만 스케줄에 지배받는 삶이 부자유스럽다는 것 역시 부인할 수는 없다.

140 계획달성 여부는 부차적인 문제다

스케줄을 세우고 나면 작심삼일로 실행을 포기해 버리는 사람도 있고 실행단계에서 계획을 초과해서 달성해 버리는 사람들도 있다. 나는 스케줄을 항상 초과하는 편이다. 이상하게 들릴지도 모르지만 나를 포함하여 인간이란 항상 계획한 것보다 더 많이 일해야 한다고 자신도 모르게 생각하는 가엾은 존재이기도 하다.

반대로, 스케줄을 세워 두면 안심이 되어서 의욕이 없어지는 사람도 있을 것이다. 1년 안에 하면 되니까 오늘 꼭 할 필요 없이 내일 하면 된다고 생각한다. 내일도 역시 당장 할 필요가 없다며 계속 미룬다. 그래도 괜찮다. 우선 하고 싶은 것을 눈앞에 표시해 두는 일이 중요하기 때문이다.

스케줄은 세우는 사람의 성격에 따라 각각 다른 방식으로 실행할 수 있으므로 계획에 지배받는 관료주의적 관공서 업무와는 다르다. 관공서 업무는 아무리 늦어지고 시기에 어긋나더라도 계획을 지키는 데에만 치중하는 계획의 노예이기 때문이다.

141 스케줄에 얽매이는 괴로움과 스케줄을 뛰어넘는 쾌감

그러나 스케줄을 세운다는 말의 의미는 자기의 시간을 명확히 구분하고 그 구분에 맞춰 준비를 하며 그 준비에 기초하여 계획을 실천하는 방향으로 자신을 통제하는 것이다. 다시 말해 자기 관리인 것이다. 그렇기 때문에 스케줄을 세울 때에는 실현 가능성을 점검해야 하고 세운 후에는 실현 여부를 점검하는 프로세스가 반드시 포함되어야 한다.

나는 대학입학시험 때부터 스케줄을 세우고 지키는 일을 계속해 왔기 때문에 이제 버릇이 되었다. 어떤 의미에서는 스케줄에 얽매인 무척 괴로운 삶을 고수해 온 것이다. 그러나 스케줄을 하나하나 넘어설 때마다 가려운 부스럼이 하나씩 떨어져 나가는 듯한 느낌을 맛볼 수 있었다. 바로 쾌감이다. 별 것 아니라고 생각할 수도 있지만 이 쾌감이야말로 절도 있는 인생의 부산물이다.

142 만나자는 사람에게는 가장 가까운 시간을 비워주는 서비스 정신이 필요하다

스케줄을 짜는 기술에는 스케줄을 무너뜨리는 기술 역시 포함된다. 스케줄을 짜게 되면 스케줄에 얽매이게 되지만, 반대로 처음부터 스케줄을 짜지 않으면 시간제한도 없고 집중해서 일할 필요도 없어서 시간을 항상 느슨하게 보내게 된다. 집중된 시간과 느슨한 시간을 교차시키는 것이 바람직하다. 그렇기 때문에 스케줄을 짜고 나서 그 스케줄을 다시 무너뜨려 볼 것을 권한다.

예를 들어 여러분이 어느 날 만나고 싶은 친구가 있어서 전화를 걸었을 때 친구가 '이번 주는 스케줄이 꽉 차 있으니까 다음 주에 보자'고 한다면? '술 한 잔 하자'고 말했을 때 '시간이 없으니까 다음번에 하면 안 될까?'라고 대답한다면? 이래서는 안 된다.

만나고 싶다고 하면 가장 가까운 시간을 비워주는 서비스 정신을 발휘해야 한다. 스케줄 무너뜨리기 기술이란 이런 서비스 정신에서 나온 것이다. 스스로 세운 스케줄에 맞춰서 약속시간을 정하려 한다면, 상대가 자기 시간에 맞추는 게 당연하다고 생각하는 것이나 다름없다.

143 상대는 한 주 후의 '약속'에 기분이 시들해지고 만다

자기가 결정한 약속을 취소해도 괜찮다는 마음가짐으로 상대를 대할 필요가 있다. 이번에 상대의 제안을 무시하면 다시는 그 사람을 만날 수 없을지 모른다고 생각해야 한다. 그렇게까지 극단적으로 생각하지는 않더라도 상대가 자신을 불러 줬다면 상대에게 최선의 응대를 해 줘야 한다. 나는 '와시바(鷲田)씨, 같이 술 한 잔 하실래요?'라고 누가 묻는다면 '지금 바로 나가겠습니다' 하고 말할 마음의 준비가 항상 되어 있다.

우리 집은 삿포로(札幌) 중심가까지 차로 한 시간 이상 걸리는 곳에 있기 때문에 외출은 큰 부담이 된다. 한번 나가려면 준비하는 시간까지 합해 두 시간이 걸린다. 그것을 알면 상대는 깜짝 놀라서 '아닙니다. 저는 다음 주 이 시간이 비어 있으니까 다음 주로 하죠' 라고 말하기도 한다.

자기의 시간에 남의 스케줄을 맞추려 하는 사람은 최악이다. 자기 스케줄에 따라 상대를 맞추려는 것은 상대방에 대한 실례일 뿐 아니라 자기 기분까지 시들하게 만들기 때문이다.

144 바쁠 때일수록 스케줄 무너뜨리기는 즐겁다

스케줄에는 순위가 있다. 다른 것은 몰라도 이것만은 꼭 해야 한다고 생각하는 일이 있을 것이다. 그러나 어떤 일이나 만남이 갑자기 끼어들어올 경우에는 반드시 스케줄 순위를 변경해야 한다. 스케줄대로 살겠다는 결심과 스케줄을 깨뜨리는 마음은 결코 서로 모순되는 것이 아니다. 나는 오히려 내 스케줄을 깨뜨리는 만남이 많을수록 상대방의 스케줄이 충실하게 지켜진다고 생각한다. 하얀 수첩에 갑자기 생긴 만남을 적는 것은 멋진 일이다.

그래서 나는 누군가가 '다음 주에 시간 있으세요?' 라고 물어오면 '오늘 오후는 어떠세요?' 라고 대답한다. 그렇게 말하고 나서는 속으로 '또 저질렀구나, 큰일이다. 또 스케줄이 무너지겠네', 하고 한순간 생각하기도 한다. 하지만 나는 바쁜 시간일수록 스케줄을 무너뜨리고 싶고 또 그것이 즐겁다. 마치 하늘에서 선물이라도 떨어진 것처럼….

145 즐겁게 일하는 기술을 배우라

모두들 왠지 즐거워 보이는데 나에게는 뭔가 즐거운 일이 없을까라는 고민을 하고 있는가. 그런 즐거운 일을 자신의 주위에서 찾는 일은 매우 중요하다. 그러나 그 이상으로 중요한 것이 또 있다. 바로, 지금 자신이 하고 있는 일을 즐기는 기술을 배우는 것이다.

즐거운 일을 찾기보다 즐겁게 일하는 기술을 배운다는 것은 하고 싶은 일을 실현하기 위한 시간의 기술들 중에서도 가장 중요한 기술이다. 부여받은 일과 부여받은 시간에 전력을 다하려는 마음을 반드시 지녀야 한다.

사회학자인 시미즈 이쿠타로(淸水幾太郎)라는 사람은 실력 있는 비평가로도 유명한데 아무리 짧은 기사를 쓰더라도 전력을 다하려는 마음이 중요하다고 말한다.

시미즈 씨는 200자라면 200자, 600자라면 600자의 원고를 책상 앞에 앉자마자 곧바로 쓸 정도로 재능이 있었다고 한다. 그러나 아무리 짧은 원고라도 쓰기 전에 가까운 곳에 문헌을 전부 쌓아

놓고 쓰기 시작했다고 한다.

146 즐거움이 주어지기를 바라기보다 지금 있는 시간을 즐기려는 마음을 가져라

주어진 시간에 전력을 다한다는 것도 매우 좋지만 그저 스케줄이니까 소화해 내야 한다는 마음으로 한다면 아무 소용이 없다. 자신이 한 일이 남보다 약간 화려하고 멋지고 창조적이어야 한다는 생각으로 일하는 것이 좋다.

예를 들어 초대 엽서를 보낸다고 해 보자. 판에 박힌 날씨를 묻는 문안인사를 넣고 내용을 써넣은 후 만사 제치고 오시기 바란다고 쓴다. 물론 이런 기본적인 스타일도 좋지만 그 속에서 아주 조금이라도 좋으니 독창적인 메시지를 넣으면 어떨까. 그렇게 하면 상대는 감탄해서 가보고 싶은 마음이 저절로 일어날 것이다. 인생을 살아가면서도 이런 노력이 항상 필요하다.

특별히 애쓸 필요도 없다. 그저 즐거운 시간이 주어지기를 바라기보다 지금 자기가 있는 시간을 열심히 또 즐겁게 보낸다는 태도가 중요하다고 생각한다.

즐겁게 일하는 기술 중에서도 가장 중요한 사항은 자기가 한 일이 제대로 평가되고 있는지 관찰하면서 일에 임하는 것이다. '한번 하면 끝인 작업이니까', '대체할 수 있는 일이니까' 하는 마음가짐으로 일하고 있지는 않은가.

실제로 XX방식으로 평가를 받거나 점수로 평가되는 것은 견디기 힘들다. 그러나 인간은 점수로 평가하는 동물이다. 인격으로 평가받고 싶다, 내 전부를 봐줬으면 좋겠다는 말은 할 수 있지만 인격을 평가하는 기준 따위는 없다. 모호하기 때문이다. 인격을 정말 중요시하는 사람은 인간을 평가하는 것 자체가 잘못되었다는 명목으로 결국은 연령이나 노동시간으로 '평가'하는 무차별 점수평가를 채택한다. 깊이 생각해보면 알겠지만 '인간'을 점수로 평가하는 것이 인간의 성향이 아닐까 싶다.

업무평가를 받았으나 예상했던 것보다 좋은 평가를 받지 못했다 하더라도 우선은 받아들일 줄 알아야 즐겁게 일하는 데 도움이 된다. 부정적인 평가를 받으면 그 평가에 대해 납득하지 못하거나 일에 대한 의욕을 상실하기 쉽다. 그러나 진정으로 해야 할 일은 업무능력을 향상시키는 것이다.

업무능력을 향상시키려면 지금보다 더 적극적으로 일에 몰두해야 한다. 내가 아는 사람들 중에 편집자가 꽤 많으므로 그들을 예로 들어보겠다. 그들은 자신이 하고 싶은 일을 하고 있다고 한다. 하지만 하루에도 수백 권의 책들이 쏟아져 나오는데 정작 판매는 저조하므로 이들은 잘 팔리는 책을 만들기 위해 피나는 노력을 해야 한다. 그들에 대한 평가는 곧 판매실적이다(출판은 문화사업이라 하지만 출판한 책이 팔리지 않으면 출판업도 비즈니스인 만큼 문을 닫아야 한다).

그러므로 출판한 책이 인기가 없으면 당연히 편집자에 대한 평가가 낮아진다. 그런 환경 속에서는 아무리 자신이 하고 싶어서 시작한 일이라고 해도 보람을 느낄 수가 없다. 그러나 평가를 순순히 받아들이고 요즘 시대에는 어떤 책을 어떻게 제작해야 잘 팔릴지를 연구하고 자신의 기획능력, 제작능력을 향상시켜 나간다면 언젠가는 돌파구를 찾을 수 있을 것이다.

그러한 연구와 노력 끝에 업무능력이 좋아진다면 자연스럽게 보람도 느낄 수 있다. 인간이란 참으로 희한한 동물이어서 어떤 일이든 열심히 하다보면 재미를 느끼게 된다. 모든 인간에게 장단점이 있듯이 모든 일에도 기쁨과 슬픔이 있다. 좋은 평가를 받

지 못하는 사람들은 대체로 이런 일은 누가 해도 똑같다고 생각
한다.

그러나 어떤 일이든 조금이라도 다른 시점에서 보고 조금이라
도 더 힘을 내고 조금이라도 자기 나름대로 노력을 다하여 해내
야 한다. 우리가 일을 충실히 해내고 하고 싶은 일을 실현하는 기
술을 익히는 데 이렇게 정성을 조금씩 쌓는 것 외에 다른 방법은
없다.

149 회사는 급료만이 아니라 일을 통해 능력을 향상시킬 장소와 기회를 제공한다

나카타니 아키히로(中谷彰宏-영화배우)도 이렇게 말했다. '회사
에서 일을 하는 것은 회사에서 일을 시켜서 하는 것이 아니라, 자
기의 능력을 향상시킬 장소와 기회를 회사에서 준 것이다.' 이렇
게 느끼면 훨씬 더 즐겁게 일할 수 있다. 무급으로라도 일하고 싶
은 회사나 돈을 내고서라도 하고 싶은 일이 있을 것이다. 돈은 못
벌어도 기술이라도 몸에 익힐 수 있기 때문이다. 이런 기술을 대
학이나 전문학교에서 배우려면 수업료도 꽤 내야 한다.

회사라는 곳은 급료만이 아니라 일을 통해 능력을 향상시킬 장
소와 기회를 제공하여 자기에게 높은 가치를 부여해 준다는 생

각이 필요하다. 일이 자기의 능력을 향상시켜 준다는 생각이 없으면 그저 40년이면 40년 동안 회사가 내려주는 스케줄만 수행하게 되기 때문에 재미도 없고 항상 회사를 그만두고 싶다는 마음 때문에 힘들 것이다. 이런 삶은 허무할 뿐만 아니라 전혀 즐겁지도 않다.

150 뜨거운 시간과 차가운 시간이 둘 다 필요하다

나는 지금까지 어떤 시간이든 귀하게, 충실하게 쓰라고 말해 왔다. 그러나 시간을 제대로 사용하기란 무척 어려워서 언제나 바쁜 상태로 일만 한다면, 다시 말해 뜨거운 시간만 인생에 가득하다면 누구든 너무 피곤해서 금방 망가지고 말 것이다. 사람은 장시간의 집중적인 노동에 견딜 수 없을 뿐 아니라 느슨하거나 한가한 시간도 반드시 필요하다. 굉장히 힘들고 뜨거운 시간을 보낸 다음에는 몸을 식히는 차가운 시간도 필요하다. 그것은 일에서만이 아니라 긴 인생을 사는 방법이기도 하다.

소설가인 소노 아야코(曾野綾子)는 매우 밀도 높은 스케줄을 매일 소화하고 있다고 한다. 오늘은 나이로비에 갔다가 내일은 파리에 가는 등의 일이 일상다반사다. 하지만 동경에 돌아오면 아침마다 일찍 미우라(三浦)반도의 다원에 들르고, 스케줄이 잠깐

빌 때면 싱가포르의 별장에 머무른다. 나 역시 업무 장소와 생활 장소 사이에 거리감을 두려고 노력한다. 다시 말해 뜨거운 시간과 차가운 시간을 교대로 갖고 있는 것이다. 시종일관 시끌벅적한 인생은 너무 힘들다.

151 에너지 소비량을 최소화하는 기술을 익히자

에너지 소비를 최소화시킨 시간을 종종 갖도록 노력해야 한다. 바쁘게 돌아다니거나 다른 사람과 함께 대화하며 일하는 동안은 그 일에 열중할수록 활달해지지만 이와 반대로 글을 쓰는 등 혼자 일을 하는 동안에는 그 일에 열중할수록 침울해진다. 활달하든 침울하든 열중해서 일을 하는 동안은 일에 굉장히 많은 에너지를 투입하게 되므로 자기가 갖고 있는 에너지를 대부분 소비하게 된다.

그러므로 일 사이에 구분을 두어 에너지 소비량을 최소화할 수 있는 시간을 만들고, 그 동안 푹 쉬면서 새 에너지가 솟아나기를 기다리는 것이 좋다. 인간에게는 에너지 소모가 굉장히 적어지는 시간이 있다. 활발하게 일하는 시간과는 확연히 구별되는 시간이다.

젊을 때는 낮에 누군가를 만나면 '당신에게서 후광이 보이는 것 같다'는 말을 종종 들었다. 하지만 밤이 되어 퇴근하고 나서 사람을 만나면 기진맥진하여 후광이 완전히 꺼졌다고 한다. 사람을 만나 상담하고 일하는 동안에 에너지가 소모되어 버린 것이다. 이런 일은 크든 작든 누구나 마찬가지일 것이다. 그러나 이 현상을 자연에 맡기지 않고 의식적으로 자신이 조절할 수 있어야 한다. 의식적으로 하라는 말은 곧 기술적으로 하라는 뜻이다.

152 철저한 봉사활동 시간을 가지라

쓸데없이 시간을 보낸다는 의미는 아니지만 자기 일이나 인생과는 전혀 상관없는 일에 힘을 들일 필요도 있다. 바로 봉사활동이 그렇다. 자원봉사를 하다 보면 전혀 관계없는 사람과 손익을 떠나 교제할 수 있다. 마지못해 시작한 봉사활동이지만 어느 순간 정신을 차려 보면 그 경험이 자기를 충실하게 채워 주고 있음을 알게 될 때가 있다. 자기를 위해 무언가를 할 때와는 전혀 다르다. 그 경험이 지금까지 몰랐던 새로운 에너지를 주고 있는 것이다.

산에 오르거나 캠핑을 가거나 스포츠를 즐기는 것도 위와 같은 쓸데없는 시간들 가운데 하나다. 그러나 가장 권하고 싶은 일은 철저히 봉사하는 시간을 가져 보라는 것이다. 그런데 의외로 이런 활동에 시간을 투자하는 사람들이 적다. 자기 일이나 자기가 하고 싶은 일만 생각하지 않고 타인의 희망을 위해 자기 시간을 쓰는 것은 굉장히 위대한 일이다.

자신이 아니라 남을 위해 시간을 들여 무언가를 하는 것, 업무 기술 역시 그런 활동이 축적됨으로써 자연스럽게 익힐 수 있다고 생각한다. 다른 사람에게 봉사하는 서비스 정신은 어디서나 기본이 된다. 이를 명심하기 바란다.

하고 싶은 일을 열심히 찾아다니는 동안에는 행운이 좀처럼 찾아와 주지 않는
다. 그러다가 어느 순간 찾고 있던 일이 전혀 관계없는 사람과 전혀 관계없는
기회를 통해 갑자기 찾아오기도 한다.

6 자신이 하고 싶은 일은 '저 멀리' 서 다가온다

하고 싶은 일을 열심히 찾아다니는 동안에는 행운이 좀처럼 찾아와 주지 않는다. 그러다가 어느 순간 찾고 있던 일이 전혀 관계없는 사람과 전혀 관계없는 기회를 통해 갑자기 찾아오기도 한다. 이와 같이 성공은 대부분 운에 달려 있다. 부모 운일 때도 있고, 친구 운, 학벌 운, 회사 운일 때도 있다. 심지어 출생지 운이란 것도 있다.

나는 삿포로 근교의 와시다무라 아자 아츠베츠(白石村字厚別 – 지금의 삿포로시 아츠베츠구)라는 작은 마을에서 태어났다. 작지만 삿포로에 속하는 곳이었고, 나는 여기서 소년기를 보낸 것이 큰 행운이라고 생각한다.

그러나 만약 내가 아츠베츠를 떠나지 않고 거기서 고등학교와 대학을 나온 뒤 부모님의 직업을 이어받았다면 '행운'이라고 느끼지 못했을 것이다. 떠나온 고향을 멀리서 바라보며 내가 저기서 살았었다고 생각하는 것과 지금 내가 그곳에 살면서 고향을 생각하는 것과는 큰 차이가 있다. 그 차이 때문에 행운이라고 느낄 수 있는 것이다. 이처럼 운은 우연히 다가오는 것처럼 보이지만 나름의 이유가 있는지도 모른다.

젊을 때 성공하기는 어렵다. 일찍부터 실력을 드러내어 출세한 사람들은 '모난 돌이 정 맞는다' 는 말처럼 큰 곤란을 당하기 쉽다. 그러나 사람에게는 각각의 때가 있다. 젊을 때에는 젊을 때 나름대로, 중년에는 중년 나름대로, 노년에는 노년 나름의 때가 있는 것이다.

젊을 때가 아니면 할 수 없는 일도 있다. 중요한 것은 그 때마다 전력을 다해야 한다는 것이다. 그렇게 해서 크게 성공했다면 그 성공을 귀하게 여겨야 한다. 우연히 성공했거나 도박으로 성공하는 등 별 실력 없이 성공한 사람들도 있을 것이다. 그러나 그런 사람들도 주위에서 성공했다는 평가를 내려주면 큰 격려가 된다.

그러기 위해서는 젊을 때부터 큰 꿈을 품어야 한다. 사람은 자기가 원하고 바라지 않는 것은 실현할 수 없는 법이다. 물론 허황된 행운을 쉽게 잡으려 하는 사람도 있을 것이다. 그러나 그런 요행은 거의 없다는 것을 알아야 한다. 자신이 원하고 바라는 것을 어느 정도라도 실현할 수 있으면 그것만으로도 훌륭하다. 그러므로 큰 야망을 품는 것은 그 자체로 매우 훌륭한 일이다.

사람들은 대부분 남에게는 자신의 희망을 작게 줄여서 말하기 마련이다. 그러나 가슴 속에는 막연하든 명료하든 큰 야망을 품어야 한다.

155 일찍 피는 꽃, 참으로 아름답다

홋카이도(北海道)에 사는 아이 하나가 유치원 때 자신이 커서 동경대에 갈 것이라고 했다고 하자. 하지만 그 희망은 초등학생이 되면 홋카이도 대학으로 바뀔지도 모른다. 그랬다가 중학생 때엔 홋카이도 학원이 되었다가 고등학생이 되면 삿포로 대학으로 다시 바뀔 수도 있다. 시간이 갈수록 들어가기 쉬운 학교로 바뀌는 것이다. 이렇게 목표를 조금씩 낮추더라도 희망은 최대한으로 가질 필요가 있다.

자만이라고 생각할지 모르지만 나는 나와 비슷한 연령에 나와 비슷한 영역에서 최고라고 인정받은 사람을 이기고 싶었다. 적어도 같은 레벨에 도달하고 싶었다. 그렇지만 너무 큰 희망을 품으면 더 크게 좌절할 위험이 있는 것도 사실이다. 그래서 나처럼 크게 넘어지기 쉽다. 하지만 그것 역시 멋지지 않은가.

일찍 피는 꽃, 참으로 멋지다. 이렇게 말하는 사람들이 많다. '젊을 때 유명해진 그 녀석 말이야, 일찍 피는 꽃은 일찍 시들게 마련이야' 그러나 일찍 피어 일찍 지는 사람도 있지만 그렇지 않은 사람도 있다. 그 일례로 아역에서부터 시작해서 훌륭한 여배우가 된 많은 배우들을 들 수 있다.

156 미소라 히바리(美空ひばり)도 한때는 나방이었다

일찍 꽃을 피운 사람은 젊은 시절에 그 사람의 '때'를 만난 것이다. 하지만 20대에 성공했다 해도 30대에는 다른 무언가를 찾아내야 그 성공을 유지할 수 있다. 20대의 삶을 답습하여 그대로 살아가려 하는 사람들은 대부분 일찍 피었다 일찍 지고 만다.

그 유명한 천재가수 미소라 히바리조차도 17세~18세 때에는 큰 슬럼프에 빠졌다. 사춘기가 되면서 체형도 달라지고 목소리도 변했다. 그 때 히바리는 어떻게 했을까. 그 당시 그녀는 노래를 너무나 통속적이고 조악하게 불렀다. 완전히 트로트로 흘러서 듣기 괴로울 정도였다.

하지만 결국 무라타 히데오(村田英雄)를 본뜬 창법으로 '쥬(柔)'를 불러서 레코드 대상을 받았다. 그 때 그녀의 모습은 젊을 때 팬이었던 사람의 처지에서 보자면 한 마리 늙은 암나방 같아서 차라리 눈을 가리고 싶을 정도였다.

그러나 그것 역시 히바리가 성숙해 가는 과정이었던 동시에 그녀의 성숙한 모습이기도 했다. 그리고 그녀는 지금은 다시 한 번 탈피하여 아름다운 나비로 변신해 가고 있다.

일찍 피었다가 일찍 져 버리는가 그렇지 않은가는 그다지 중요하지 않다. 일찍 성공한 사람이라면 꽃을 오래 유지하기 위해 애쓰기보다 그 성공의 의미, 즉 한계를 꿰뚫어 보는 것이 중요하다.

20대인 사람들은 잘 모르겠지만 나이든 내가 평생 지켜본 바에 따르면 20대에 성공한 사람들은 30대에도 성공하고, 30대에 성공한 사람들은 40대에도 성공한다. 이렇게 점점 더 나아지는 사람들이 훨씬 많다. 그러나 발에 무언가가 걸려 넘어지지 않도록 조심해야 한다. 모난 돌이 정 맞는다는 말이 있다. 이를 불운이라고 생각할 필요는 없다. 맞을 때마다 일일이 반발하기보다 맞을수록 강해지면 된다.

이런 실패보다 오히려 더 무서운 것은 교만이다. 어린 싹은 짓밟혀서 죽기보다 비료과다로 뿌리가 썩어서 죽기가 더 쉽다. 치켜 올려 줄 때 더욱 조심하라.

158 지속하는 사람, 전환하는 사람

너무 빠른 성공도 없고 너무 늦은 성공도 없다. 20대, 30대, 40대가 되어도 싹이 전혀 안보이다가 50대가 되어 갑자기 꽃을 피우는 사람도 있다. 그 중 대부분은 계속 마음속의 희망을 놓지 않았던 사람들, 다시 말해 성공의 준비를 해 온 사람들이다.

'인간 만사 새옹지마' 라는 말이 있지만 젊을 때 잘 풀리던 사람이 60대에 불행한 일을 당하기도 하고, 젊을 때 거의 눈에 띄지 않던 사람이 50대, 60대가 되어 빛을 보게 되는 예도 적지 않다.

정확히 말해 50대가 되어 빛을 보는 사람들은, 하고 싶은 일을 계속 해 왔던 사람이라기보다는 하고 싶은 일을 40대까지 미루어 오다가 50대가 되어서 전환한 경우가 많다. 그 때까지 계속 해 왔던 일을 다른 방향으로 돌린 것이다. 그 때까지 고집하던 것을 버리고 한순간에 전환하여 유유히 다른 업종으로 성공하는 사람이 이렇게 격동하는 시대에는 점점 더 많아지고 있다.

2000년에 나오키(直木)상을 수상한 나카니시 후다(中西札)는 당시 61세였지만 두 번째 소설로 수상한 것이었다. 작사가로서도 젊을 때부터 성공했지만 60세가 되기를 기다렸다는 듯이 작가로 전향한 후 곧 인정을 받았다. 또 이미 작고했지만 '그림자 무사 도쿠가와 이에야스'(影武煮德川家康−신쵸(新潮)문고) 등의 시대소설로 신조류를 일으켰던 류 게이이치로(隆慶一郎) 역시 60세를 넘어서 시나리오 작가에서 소설 작가로 전향했던 사람이다.

159 전환을 통해 새로운 자신을 발견하면 새로운 에너지가 솟

'일관성과 지속성'이 미덕으로 여겨졌던 시절이 있었다. 그러나 늦게 성공을 이룬 사람들 중에는 우연히 누군가를 만나거나 고생스러운 일을 겪고, 주변의 인간관계를 통해 인생의 방향을 바꾼 사람이 많다.

한 가지만을 지속하여 성공한 사람은 일종의 천재라고 생각한다. 그리고 성공(Success)이란 말도 지속(Succession)이란 말과 서로 비슷하다. 차근차근 단계를 밟으면서 같은 일을 지속하는 것은 간단한 듯하지만 너무 단조로워서 평범한 인간으로서는 매우 어려운 일이기 때문이다.

그러므로 전환을 해 가면서 자기가 하고 싶은 일에 점점 가까이 다가가는 것이 좋다. 한 가지를 고집하기보다 더 나은 무언가를 찾아 차근차근 전환해 가는 편이 인간의 사고와 행동의 생리에 맞는 듯하다.

사람은 전환을 통해 새로운 자신을 발견할 수 있을 뿐 아니라 새로운 자신을 실현하기 위해서 새로운 에너지를 대량으로 투입할 수도 있다. 구조조정과 같은 강제적인 전환조차도 새로운 자신을 발견하는 기회가 될 것이다.

인간관계의 변화 역시 중요하다. 당신을 속박해 왔던 인간관계가 나이를 먹는 것과 동시에 점점 사라져갈 것이다. 시어머니와 사이가 좋지 않은 사람도 있고 남편의 형제들과 사이가 나쁜 사람도 있을 것이다. 하지만 시간이 지나면 시어머니도 돌아가시고 형제들도 제각각 떨어져 지내게 되면서 예전에 가졌던 원망도 없어지게 된다. 그와 동시에 자신을 가두고 있던 울타리가 걷혀지면서 자유롭게 날아갈 수 있게 되는 것이다.

다시 말해, 성공은 지속성뿐만 아니라 이러한 장애물의 제거를 통해 찾아오기도 한다.

나는 같은 직장에서 10년간 똑같은 인간관계 속에서 일하는 것은 정신적으로 건강하지 않다고 생각한다. 앙금이 쌓이기 때문에 관계가 끈끈해지게 되고 그 그물에 이런저런 것들이 얽혀서 썩게 되기 때문에 악취까지 풍긴다. 그래서 나는 '기회가 있으면 옮기고 싶다, 되도록이면 새로운 곳으로 가고 싶다'는 생각을 항상 해 왔다.

어떤 경우에도 불운을 행운의 시작으로 만들어야 한다는 사실을 잊지 말기 바란다. 지금 만난 불운은 다음에 찾아올 행운의 전단계라고 생각하는 사람을 만나면 기분이 참 좋다. 당신은 현재의 불운을 지금부터 영원히 계속될 불운의 시작으로 생각하는가, 아니면 점점 좋아져서 행운으로 바뀌는 기회라고 생각하는가.

그 생각의 차이는 매우 중요하다. 이것은 낙관주의자라거나 비관주의자라거나 하는 성격상의 문제가 아니다. 자기를 불운하게 하고 있는 것이 주변 사람이나 환경인지 자기 자신인지가 중요하다.

불운한 사람들 대부분은 자신이 불운한 것은 주변에서 행운을 가로막고 있기 때문이라면서 남 탓, 사회 탓을 하는 경향이 있다. 그러나 불운한 사람을 불운하게 만드는 것은 그 사람 자신일 때가 많다. 불만만 많은 불평분자, 비겁한 사람, 항상 찌푸리고 있는 사람, 남의 험담만 하는 사람들에게 다가와 손을 내밀려는 사람이 과연 있을까. 자기 자신을 그런 생각에서 해방시켜서 다른 관점으로 세상을 보지 않으면 행운은 결코 찾아오지 않을 것이다.

162 성공은 금방 소비되어 버린다

성공하는 것은 물론 중요하다. 남으로부터 평가받는 것 역시 중요한 일이다. 그러나 성공이란 무언가를 해 내고 나서야 찾아오는 것이다. 아무것도 하지 않아도 처음부터 성공해 있었고 또 계속 성공할 것이라고 장담할 사람은 세상에 없다.

'저 사람 성공했네. 잘 풀렸군' 하고 남들이 평가할 경우, 그 사람은 무언가를 해 낸 결과로 그 성공을 얻었으며 그에 따른 보상을 지불했을 것이다. 성공을 행운으로 얻을 수 있을 것도 같지만 사실 성공은 무언가 해 낸 후에야 얻을 수 있다. 그러니까 성공에 이르기까지는 하고 싶은 일을 하고 있다는 마음가짐으로 열심히 하는 수밖에 없다.

사실 성공이란 달성하고 난 후에는 금방 소비되어서 당연해져 버린다. 정상에 올라 있는 사람에게 '좋으시겠습니다' 라고 말하면 불쾌하게 느낄 것이다. 이미 그 사람에게 정상에 오르는 것은 목표가 아니기 때문이다. 정상에 오르게 되면 그것에 그치지 않고 다른 또 다른 대망을 가슴에 품어야 한다.

163 일을 즐기고 인생을 즐기라

성공에 최고의 가치를 두고 집착하거나 이미 이룬 성공을 지키려 애쓰지 말자. 성공이란 한낱 행운이며 우연일 뿐이다. 그래서 대부분의 경우에는 순식간에 사라지게 마련이다. 성공의 원인이나 성공한 상태는 그대로 유지될 수도 있지만 이미 성공한 사람에게 성공 자체는 이제 무의미하기 때문이다.

성공보다 중요한 것은 일을 좋아하고 학문을 좋아하고 인생을 좋아하는 마음가짐이다. 왜냐하면 좋아하는 것을 하기보다 그것을 하기를 좋아하는 편이 낫기 때문이다. 이 말은 아까부터 귀에 못이 박히도록 했는데, 사실은 가장 어려운 일이기도 하다. 무언가를 위해 학문을 닦는 것이 아니라 학문 자체를 좋아하고, 무언가를 위해 일을 하는 것이 아니라 일 자체가 좋고, 무언가를 위해 사는 것이 아니라 인생 그 자체가 즐거워서 산다. 이런 생각을 갖고 살아간다면 그야말로 최고의 인생이 아니겠는가.

164 깊이 파고들면 기쁨이 우러나온다

하지만 나 자신을 포함한 대부분의 사람들은 그렇게 생각하기가 쉽지 않다. 어렵더라도 학문에 몰두해 보고 일에 몰두해 보고 자신의 인생을 진지하게 마주해 보았으면 한다. 그러면 언젠가 '무언가' 가, 타인의 평가와는 상관없이 자기 안에서 우러나와 은근한 기쁨을 느끼게 하는 '무언가' 가 솟아날 것이다. 젊을 때는 깨닫기 힘들지 모르지만 뒤돌아보면 분명히 그럴 것이다.

나는 과거를 돌아보면 참담했던 기억밖에 없다. 보통 좋았던 일만 추억 속에 남는다고들 하지만 나는 그렇지 않다. 그래서 과거로 돌아가고 싶다는 생각은 추호도 없다. 하지만 그런 나 역시 과거를 잘 살펴보면 '그때는 정말 재미있었고 고생스러웠지만 감격스러웠다'고 기억되는 일들이 여럿 있다. 그래도 역시 돌아가고 싶지는 않다.

165 30일 걸려서 끝낸 일 때문에 30일간 흥분했던 시절이 있었다

아무리 시간이 지나도 잊을 수 없는 일이 있다. 처음으로 논문을 맡게 되어 400자에 30장의 짧은 논문을 30일 정도 걸려서 썼던 일이 있다. 성격상 부끄러워서 내용을 다른 사람에게 말하고 다니지는 못했지만 너무나 흥분해서 한동안 잠이 오지 않았다. 30일 걸려서 썼는데 거의 쓰는 기간만큼 흥분해서 지냈었다.

처음으로 논문이란 걸 쓴 것이다. 말은 안 됐을지 모르지만 어쨌든 문장을 이리저리 꿰어 맞춰서 처음으로 30장을 썼던 것이다. 이제 다시는 그런 기쁨을 느낄 수 없다. 오래 전이니까 가능한 일이었다. 지금 만약 30장짜리 논문을 쓴다면 이틀, 사흘이면 다 쓸 수 있기 때문이다. 준비하는 시간을 합쳐도 고작 일주일이다. 그저 많은 스케줄 가운데 하나를 소화하는 것에 지나지 않는다. 더 방대하고 어려운 것을 쓴다면 또 달라지겠지만 말이다.

논문을 쓰면서 나는 성공에 대해 의식하기보다는 하고 싶은 일을 할 수 있는 데 기쁨을 더 많이 느꼈다. 마찬가지로 다 쓰고 난 후에도 하고 싶은 일을 했다는 성취감이 컸다. 이와 같이 성공을 염두에 두기보다 하고 싶은 일을 한다는 것에 집중했으면 한다.

166 성공하면 나 혼자의 힘으로 성공했다고 생각하게 된다

성공이란 여러 가지 우연한 일이 겹쳐져서 이루어지는 것이다. 그 우연 중에서도 가장 중요한 것은 나에게 행운을 가져다준 사람들의 존재다. 그 사람들은 친구일 수도 있고 부모일 수도 있고 같이 배우는 동료일 수도 있고 전혀 모르는 사람일 수도 있다. 이들 인생의 은인에 대해 어떤 태도를 취하는가는 매우 중요하다.

우리는 왠지 모르게 크고 나면, 혹은 성공하고 나면 마치 자기 혼자 힘으로 성공한 것처럼 생각하게 된다. 나도 그 폐해의 예외는 아니다. 그러나 그것은 잘못된 것이다. 많은 사람들이 힘을 보태어 주었기 때문에 비로소 현재의 내가 있게 된 것이다.

특히 인생의 도리를 가르쳐 주는 사람 없이는 아무도 건실하게 삶을 살아나갈 수 없다. 나는 친구가 없다. 일을 봐 준 사람도 없다. 도와 준 사람도 없다' 이렇게 말하는 사람이 간혹 있지만 그 사람은 잘못 생각하고 있는 것이다.

167 자신을 끌어올려준 사람에게 은혜를 갚는 것이 열매를 맺을 수 있는 삶이다

우정이 무엇이라고 한마디로 말하기는 어렵지만 상대에게 10을 주었다면 1이 돌아오는 것이라고 생각하면 된다. 다르게 말해, 서로 10을 준다고 생각하지만 받는 사람은 1정도밖에 돌아오지 않았다고 느낀다는 것이다. 그만큼 우정은 효율이 낮다. 애정 역시 마찬가지다.

회사에서도 일을 10만큼 하면 보답은 1만큼 돌아온다. 사회도 그렇다고 생각하면 된다. 10을 줘서 20을 돌려받는 경우는 거의 없다고 생각해야 한다. 10을 투자하면 1이 돌아온다는 것이 인간 사회에서 보통 통용되는 공식이다.

우정이나 인간관계 뿐 아니라 인생이 다 그렇다. 노력을 10만큼 하면 보상은 1만큼 돌아오는 것이 인생이다. 그 1을 주는 사람이 있을 때 그 사람에게 고마워하며 무언가 보답하려 하는 사람이야말로 알찬 인생을 산다고 할 수 있다.

무엇보다 중요한 사항은 인생의 스승으로 여기는 사람에게는 돈을 안 받아도 좋고 심부름꾼이라도 좋으니 제발 가르쳐 달라고 사정이라도 해서 가르침을 받아야 한다는 점이다. 직접 배우지는 않더라도 책을 사서 읽거나 그 사람이 해 놓은 일을 훑어보는 것만으로도 좋다. 이런 식으로 스승을 쫓아다니는 사람이 요즘은 흔치 않지만 이런 태도를 갖는 것은 여전히 무척 중요하다.

누구나 그렇지만 혼자 고립되어 살아가는 세상이 아니다. 나는 선생님이 제자에게 일방적으로 가르침을 주라는 법은 없다고 생각한다. 오히려 마음가짐으로 보자면 제자가 선생님에게 10배 정도로 보답을 하겠다는 각오를 해야 그 선생이 이끌어 줄 수 있다고 생각한다. 그렇다 해도 선생님이 제자에게 학문을 계승해 주기는 쉽지 않다.

제자들과 후배들을 무척 소중히 여기는 선생님들을 잘 살펴보면 그 제자들도 선생님을 잘 섬기는 것을 알 수 있다. 인생의 은인 중에는 윗사람이 있는가 하면 아랫사람도 있는 것이다.

169 은혜는 아랫사람에게 돌려주고 싶다

나는 윗사람으로부터 받은 은혜는 반드시 아랫사람에게 물려주고 싶다. 나에게 주어진 성공은 반드시 다른 사람과 나누어야 한다. 이는 절대 잊어서는 안 될 일이다.

행운을 나누지 않는 사람은 잘못된 사람이다. 운을 가슴 속에 소중히 혼자서만 간직하고 다른 사람에게는 주지 않겠다는 인생관을 가진 사람이 있다면 굳이 꼭 그것을 부정할 수는 없다. 그러나 그런 사람은 살면서 남과 함께 기쁨과 슬픔을 나누거나 남과 함께 경쟁하며 즐겁게 일하는 맛을 느낄 수가 없다. 뿌리 깊은 비열함이 자신을 고립시켰기 때문이다.

운이란 것은 무언가 해보려고, 손안에 붙잡으려고 애쓸수록 점점 더 멀리 도망가게 마련이다. 우정도 그렇고 애정도 그렇다. 행운은 쫓아가면 잘 잡히지 않아서 오히려 나를 쫓아오게 만들어야 한다.

그렇지만 나는 그래도 쫓아다니고 싶다. 아무리 일이 태산 같이 많아서 쫓기더라도 마음만은 일을 쫓아가고 싶다. 그러는 편이 훨씬 자유롭고 즐겁다.

170 행운을 쫓아가자

일이 계속 밀려드는 것. 좋은 일이다. 손님이 몰려드는 것. 이

역시 즐거운 일이다. 그러나 나는 일이 있고 없고를 떠나서 '이런 일을 하고 싶다, 이런 식으로 꿈을 실현하고 싶다, 그 사람들을 부르고 싶다, 그 녀석에게 이런 일을 맡기고 싶다' 는 마음가짐을 항상 갖고 있는 것이 더 좋다.

특히 '그 한 사람' 을 쫓아다니고 싶다. 연상이든 연하든 상관없다. 그 사람이 내게 필요한 사람이라면 심부름꾼을 해서라도 그 사람의 가장 좋은 점을 배우고 싶고 직접 만나서 이야기하고 싶다. 또 그가 하는 일을 어깨 넘어서라도 배우고 싶고 함께 일하고 싶다.

사람이 제 몫을 해 낼 만큼 성장하느냐 못하느냐는 바로 '그 한 사람' 이 있는지, 어떤 '그 한 사람' 을 쫓고 있는지에 달려 있다고 생각한다. 행운은 저 멀리서 다가오고 있지만, 당신은 행운이 찾아오기 전에 행운을 한 번 쫓아가 보면 어떤가. 결국 행운이 찾아오지 않으면 더 큰 실망감을 맛보게 되겠지만 쫓아다니는 사람에게는 쫓는 즐거움이 있다. 이는 어떤 것도 대신할 수 없는 즐거움이다.

171 '유유히 서둘러라'

바쁘면 바쁠수록 일을 쫓아가는 자세가 필요하다. 10일이 기한이라면 그 일을 '10일 안에 다 해야 한다'는 생각을 하기보다 이 것을 하고 나면 다음 일이 또 있고 다음 일을 하고 나면 또 그 다음 일이 있다, 그러니까 산을 하나 넘으면 다음 산이 또 있다고 생각해야 한다.

재미있는 책을 읽을 때는 책 내용에 열중해서 배가 고프고 눈도 아프고 수업도 들어가야 하는 줄 뻔히 알면서도 좀처럼 도중에 멈출 수가 없다. 끝이 가까워지면 끝나지 말았으면 싶기도 하다. 그러면서도 읽는 속도는 점점 빨라지고 끝내 책이 끝나 버린다.

즐거운 여행이 끝날 때도 그렇다. 나리타(成田) 공항에 도착하면 여행이 끝난다고 런던 히드로 공항에서부터 생각하면서 돌아오면 엄청나게 빨리 도착해 버리는 것이다.

아무리 지금 재미있는 일을 충실히 하고 있더라도 언젠가 그 일은 끝나게 되어 있다. 하지만 그 끝은 더 재미있는 다음 일의 시작이기도 하다.

하고 싶은 일을 할 때는 일을 서둘러 쫓아가야 한다. 결과가 나쁘더라도 또 다시 쫓아가는 수밖에 없다. 성공을 쫓아가는 과정을 충실히 이행한 후에야 운에 맡길 수 있는 것이다. 그러니까 '유유히 서둘러라'.

당신은 현재의 불운을 지금부터 영원히 계속될 불운의 시작으로 생각하는가,
아니면 점점 좋아져서 행운으로 바뀌는 기회라고 생각하는가.

'나는, 나는'을 연발하는 사람이나 '나라는 사람은…… 이렇다'는 말을 자주 하는 사람이 거북한 것은 나뿐만이 아닐 것이다.

이는 자신을 표현하는 데 열중한 나머지 다른 사람을 배려하지 않는 이기적인 사람이기 때문이 아니다. 이기적인 사람이라면 자신을 소중하게 여기는 것이기에 이해할 수 있다.

'나는, 나는'을 연발하는 사람은 아무래도 좋을 '자신'을 헐값에 팔아넘기는 느낌이 든다. '나라는 사람은 XX하다'고 말하는 대부분의 'XX'는 이렇다 할 것도 없는 '자신'에 불과하다. 단순히 그럴싸하게 포장하는 것뿐이다. 식사에 초대한 한 부인이 "나는 지금까지 고기를 먹어본 적이 없는 사람이에요"고 말하는 것을 듣고 순간 입에서 '바보!'라는 소리가 올라오는 것을 간신히 참았다.

이런 사람은 '나'라는 말을 자주 사용하면서도 정작 정면으로 호기심 있게 자기 자신을 바라본 적이 없는 사람이 틀림없다는 편견을 나는 가지고 있다.

'나'를 찬찬히 관찰하고 장점을 파악하며 평가하고 발전시키는 것은 간단하지 않지만 그렇다고 너무 어려운 일도 아니다. 그런데 '나'란 찾으면 바로 도망가고 찾지 않으면 따라붙는 '애인'과도 같은 애물단지다.

또한 인간은 다른 사람은 쉽게 평가하면서도 자신이 간단하게 평가받는 것을 매우 꺼려한다. 그 평가가 타당한 것이어도 '나를 그렇게 단정하다니…' 하며 불만을 터뜨린다. '진정한 나는 그렇지 않다'고 말하고 싶은 것이다. '평가란 단정 짓는 것이다. 자신을 'X'에 두고 싶다는 생각은 누구나 갖는 바람이라는 것을 염두에 두자.

'자신을 찾는 시대' '자신을 사랑하는 시대'라고 부르지만 '자신'을 잘 모르는 사람이 대부분이다. 그들은 나를 '찾는 방법'과 '사랑하는 방법'을 너무 모른다는 생각이 든다. 어떻게 하면 좋을까? 그 처방전을 만들어 주었으면 한다는 주문을 편집자인 쯔치에 히데아키(土江英明) 씨로부터 받았다. 어려운 주문이었다.

쓰는 방식은 다양하겠지만 결국 명제집과 같은 형식을 취했다. 쉽게 읽을 수 있도록 하기 위해서다.

'자신을 찾는 방법'의 핵심은 결국 '자신이 하고 싶은 일을 발견하는 것'이다. 자신이 하고 싶은 일이 무한히 많은 사람에게 '이 길을 선택해라!'고 간단명료하게 지적해도 안 된다. 그러나 명료하게 지적하지 않으면 아무것도 시작되지 않는다. 그 모순을 정확히 표현하고 해결점을 찾기란 쉽지 않았다. 이 책을 쓰는 데 가장 어려운 과제였다고 할 수 있다.

우여곡절 끝에 '마치는 글'을 쓰게 되었다. 끝으로 이 글이 있기까지 물심양면으로 도와주신 모든 분들에게 감사의 말을 전한다.

봄의 추위가 느껴지는 우마오이산(馬追山)에서

이상은 《하고 싶은 일을 발견하는 기술》에 쓴 마치는 글이다.

이번 PHP연구소에서 문고본을 만들자는 의뢰를 받아 제목 변경을 비롯하여 대대적으로 내용을 정정하고 개선했다. 우선 이 점에 대한 양해를 부탁드린다.

그리고 후기에 한 가지 추가하고 싶은 말이 있다. 마치는 글에서 '나는…… 나는……'을 연발하는 사람은 자신을 정면으로 바라본 적이 없는 사람이라고 비난한 부분이다.

'자기 찾기'에 열중한 나머지 '자기사랑'을 강하게 추구하는 사람일수록 이 책을 읽어 주었으면 한다. 문제는 자기를 찾는 방법과 사랑을 추구하는 수단과 방향에 문제가 있어 미궁에 빠질 염려가 있다는 것이다. 그래서 '이러면 어떨까', '이렇게 하는 편이 잘 될지도' 등 누구에게나 실천 가능한 방법, 즉 '기술' 몇 가지를 제안하고자 했다.

21세기에 들어 기업 활동과 개인 생활에도 어려운 상황이 계속되고 있다. 사회나 회사 가족에 의존한 삶은 더 이상 보장되지 않는다. 그러나 나는 이런 상황이 불행의 시작이라고는 보지 않는다. 반대로 우리 한 사람 한 사람을 다시 한 번 관찰하고 충실한 자신을 실현하는 대단한 트레이닝의 장이라고 생각한다.

이 시대의 소용돌이에 휘말리지 않으려면 진정한 의미에서의 자기 찾기가 필요하다. 자신에게 자신감과 사랑을 가지려면 전력을 다해 노력해야 한다. 그런 면에서 이 책이 조금이나마 도움이 된다면 더 바랄 것이 없다.

또한 이 본서는 PHP문고로 선정되어 많은 독자를 만난 《'하고 싶은 일'을 모르는 사람에게》(2001년)와 연관이 있다. 전서를 읽으신 분들은 본서가 더욱 참고가 되리라 확신한다.

마지막으로 늘 문고판을 만들어주신 PHP연구소 문고출판부에게 감사의 말씀을 전한다.

눈에 뒤덮인 우마오이산(馬追山)에서
와시다 고야타 (鷲田小彌太)

초판1쇄 인쇄 | 2006년 3월 15일
초판1쇄 발행 | 2006년 3월 16일

지은이 | 와시다 고야타(鷲田小彌太)
옮긴이 | 이경미
펴낸이 | 박대용
펴낸곳 | 도서출판 징검다리

주소 | 413-834 경기도 파주시 교하읍 산남리 292-8
전화 | 031)957-3890, 3891 팩스 | 031)957-3889
이메일 | zinggumdari@hanmail.net

출판등록 | 제10-1574호
등록일자 | 1998년 4월 3일

ISBN 89-88246-91-8   03810

김경미 지음/값 9,000원

사랑은 시작하는 순간부터 추억이 된다

사람은 누구나 인연을 맺고 헤어지기를 반복하며 자신의 삶을 변화시키고 일깨워주기도 한다. 흔히 인간은 망각의 동물이라고 하듯 그 시기에만 죽을 것 같이 힘들어 하지만 시간이 지나면서 무뎌지고 잊어버리며 현실에 잘 적응해 나간다. 하지만 인간은 추억으로 산다고 한다. 즐겁고 재미있었던, 때로는 아픔으로 기억된 추억들은 모두 잊지 않고 소중한 기억들로 가슴속에 남겨두곤 한다.

유양선 지음/값 8,500원

나는 한밤중에도 깨어있고 싶다

◀젓갈 팔아 평생 모은 전재산 (15억 상당) 사회에 기부
◀젓갈 할머니에서 대학교 장학회 이사장이 되기까지
◀수 천 명의 불우학생 뒷바라지

평범한 사람들의 결코 평범하지 않은 인생, 어떤 위인전기보다,
대하 장편보다 교훈적이며 극적인 삶이 세상 곳곳에 있다.
―조선일보 박선이 기자

김현태 지음/값 6,800원

생떽쥐베리가 빠뜨리고 간 어린왕자

"간절히 원하면 이루어진다"

『어린왕자』를 757번이나 읽을 정도로 어린왕자를 그리워 했던, 순수하기만 한 주인공에게 어느날 어린왕자가 그의 앞에 나타나면서 이야기가 시작된다.

양명호 지음/값 8,500원

콩나물 시루

앨범을 뒤적이며 아련한 옛 추억을 가만히 회상해 보는 것처럼 독자들로 하여금 이 글을 통해서 유년시절의 향수와 추억 그리고 삶에서 부족하거나 잊고 있었던 소중하고 중요한 부분들을 떠올리게 해준다.

가레스 루이스 지음/값 10,000원

일주일만에 부자뇌 만들기

잠자는 두뇌를 깨워 당신을 일주일 후부터 부자로 만들어 줄 일주일만에 부자뇌 만들기 프로젝트

윤영준 지음/값 8,500원

살아가는 동안 마음에 꼭 심어야 할 좋은 씨앗들

힘이 들때 도움이 되는 옛 성현들의 주옥같은 이야기

사람들은 행복과 불행은 모두 운명에 달려있다고 생각한다. 그러나 실제로는 운명은 우리들에게 그 기회와 재료와 씨를 제공할 따름이다.

나카지마다카시 지음/값 9,900원

이상하게도 하는 일마다 잘 되는 사람들의 노하우

허물을 벗지 못하는 뱀은 죽듯이 인생은 매순간 선택의 연속이다.

- 정확한 판단은 어떻게 해야 하는가?
- 흔들림 없는 결단을 위한 방법으로 어떤 것이 있는가?
- 최상의 의사결정을 하기 위한 합리적인 과정이란 무엇인가?

장복덕 지음/값 10,000원

인생 10년, 골프 1년

웰빙시대 꼭 알아야 할 최고의 비즈니스 골프 이야기

어제 다르고 오늘 다르며 잘 되면 잘 되는 대로 겸손을 배웠고 생각만큼 되지않을 때는 짜증도 나지만 반성하는 기회가 되었고 배우고 노력하는 자세의 필요를 느꼈다. 그래서 골프는 작은 인생이고 생활의 활력소며 동반자인 것이다.